원문과 함께 읽는

# 셰익스피어 소네트

# 원문과 함께 읽는 셰익스피어 소네트

초판 1쇄 · 2018년 8월 30일
초판 2쇄 · 2019년 8월  5일

지은이 · 윌리엄 셰익스피어
옮긴이 · 이태주
펴낸이 · 한봉숙
펴낸곳 · 푸른사상사

주간 · 맹문재 | 편집 · 지순이 | 교정 · 김수란
등록 · 1999년 7월 8일 제2−2876호
주소 · 경기도 파주시 회동길 337−16 푸른사상사
대표전화 · 031) 955−9111(2) | 팩시밀리 · 031) 955−9114
이메일 · prun21c@hanmail.net
홈페이지 · http://www.prun21c.com

ⓒ 이태주, 2018

ISBN 979−11−308−1360−8    03840
값 19,500원

이 도서의 국립중앙도서관 출판예정도서목록(CIP)은 서지정보유통지원시스템
홈페이지(http://seoji.nl.go.kr)와 국가자료공동목록시스템(http://www.nl.go.kr/kolisnet)에서
이용하실 수 있습니다.(CIP제어번호: CIP2018025356)

원문과 함께 읽는

# 셰익스피어 소네트

윌리엄 셰익스피어 지음　이태주 옮김

# 차례

sonnets 001 ——————— 9

sonnets 002 ——————— 11

sonnets 003 ——————— 13

sonnets 004 ——————— 15

sonnets 005 ——————— 17

sonnets 006 ——————— 19

sonnets 007 ——————— 21

sonnets 008 ——————— 23

sonnets 009 ——————— 25

sonnets 010 ——————— 27

sonnets 011 ——————— 29

sonnets 012 ——————— 31

sonnets 013 ——————— 33

sonnets 014 ——————— 35

sonnets 015 ——————— 37

sonnets 016 ——————— 39

sonnets 017 ——————— 41

sonnets 018 ——————— 43

sonnets 019 ——————— 45

sonnets 020 ——————— 47

sonnets 021 ——————— 49

sonnets 022 ——————— 51

sonnets 023 ——————— 53

sonnets 024 ——————— 55

sonnets 025 ——————— 57

sonnets 026 ——————— 59

sonnets 027 ——————— 61

sonnets 028 ——————— 63

sonnets 029 ——————— 65

sonnets 030 ——————— 67

sonnets 031 ——————— 69

sonnets 032 ——————— 71

sonnets 033 ——————— 73

sonnets 034 ——————— 75

sonnets 035 ——————— 77

sonnets 036 ——————— 79

sonnets 037 ——————— 81

sonnets 038 ——————— 83

sonnets 039 ——————— 85

sonnets 040 ——————— 87

원문과 함께 읽는 셰익스피어 소네트

sonnets 041 ——— 89

sonnets 042 ——— 91

sonnets 043 ——— 93

sonnets 044 ——— 95

sonnets 045 ——— 97

sonnets 046 ——— 99

sonnets 047 ——— 101

sonnets 048 ——— 103

sonnets 049 ——— 105

sonnets 050 ——— 107

sonnets 051 ——— 109

sonnets 052 ——— 111

sonnets 053 ——— 113

sonnets 054 ——— 115

sonnets 055 ——— 117

sonnets 056 ——— 119

sonnets 057 ——— 121

sonnets 058 ——— 123

sonnets 059 ——— 125

sonnets 060 ——— 127

sonnets 061 ——— 129

sonnets 062 ——— 131

sonnets 063 ——— 133

sonnets 064 ——— 135

sonnets 065 ——— 137

sonnets 066 ——— 139

sonnets 067 ——— 141

sonnets 068 ——— 143

sonnets 069 ——— 145

sonnets 070 ——— 147

sonnets 071 ——— 149

sonnets 072 ——— 151

sonnets 073 ——— 153

sonnets 074 ——— 155

sonnets 075 ——— 157

sonnets 076 ——— 159

sonnets 077 ——— 161

sonnets 078 ——— 163

sonnets 079 ——— 165

sonnets 080 ——— 167

# 차례

sonnets 081 ———— 169

sonnets 082 ———— 171

sonnets 083 ———— 173

sonnets 084 ———— 175

sonnets 085 ———— 177

sonnets 086 ———— 179

sonnets 087 ———— 181

sonnets 088 ———— 183

sonnets 089 ———— 185

sonnets 090 ———— 187

sonnets 091 ———— 189

sonnets 092 ———— 191

sonnets 093 ———— 193

sonnets 094 ———— 195

sonnets 095 ———— 197

sonnets 096 ———— 199

sonnets 097 ———— 201

sonnets 098 ———— 203

sonnets 099 ———— 205

sonnets 100 ———— 207

sonnets 101 ———— 209

sonnets 102 ———— 211

sonnets 103 ———— 213

sonnets 104 ———— 215

sonnets 105 ———— 217

sonnets 106 ———— 219

sonnets 107 ———— 221

sonnets 108 ———— 223

sonnets 109 ———— 225

sonnets 110 ———— 227

sonnets 111 ———— 229

sonnets 112 ———— 231

sonnets 113 ———— 233

sonnets 114 ———— 235

sonnets 115 ———— 237

sonnets 116 ———— 239

sonnets 117 ———— 241

sonnets 118 ———— 243

sonnets 119 ———— 245

sonnets 120 ———— 247

원문과 함께 읽는 셰익스피어 소네트

sonnets 121 ———— 249

sonnets 122 ———— 251

sonnets 123 ———— 253

sonnets 124 ———— 255

sonnets 125 ———— 257

sonnets 126 ———— 259

sonnets 127 ———— 261

sonnets 128 ———— 263

sonnets 129 ———— 265

sonnets 130 ———— 267

sonnets 131 ———— 269

sonnets 132 ———— 271

sonnets 133 ———— 273

sonnets 134 ———— 275

sonnets 135 ———— 277

sonnets 136 ———— 279

sonnets 137 ———— 281

sonnets 138 ———— 283

sonnets 139 ———— 285

sonnets 140 ———— 287

sonnets 141 ———— 289

sonnets 142 ———— 291

sonnets 143 ———— 293

sonnets 144 ———— 295

sonnets 145 ———— 297

sonnets 146 ———— 299

sonnets 147 ———— 301

sonnets 148 ———— 303

sonnets 149 ———— 305

sonnets 150 ———— 307

sonnets 151 ———— 309

sonnets 152 ———— 311

sonnets 153 ———— 313

sonnets 154 ———— 315

해설 ———————— 317

수록 그림 ————— 342

아름다운 몸에서 수많은 자손이 태어나기 바란다네,
From fairest creature we desire increase,

그러면 아름다운 장미는 영원히 사라지지 않는다네.
That thereby beauty's rose might never die,

무르익으면 시드는 것이 세상 운명이라네,
But as the riper should by time decease,

자손은 부모의 형상을 이어받아야 한다네.
His tender heir might bear his memory:

당신은 자신의 반짝이는 눈동자에 현혹되어,
But thou, contracted to thine own bright eyes,

스스로 빛을 발산하며 자신의 몸을 불사르고 있다네,
Feed'st thy light's flame with self-substantial fuel,

풍요로운 아름다움은 불모로 변하고,
Making a famine where abundance lies,

아름다운 자신에게 처참한 원수가 된다네.
Thyself thy foe, to thy sweet self too cruel.

당신은 생기 넘친 세상을 장식하며,
Thou that art now the world's fresh ornament,

화사한 봄의 선구자인데,
And only herald to the gaudy spring,

화려한 목숨을 봉오리 속에 묻어놓고,
Within thine own bud buriest thy content,

젊음을 낭비하는 구두쇠 신세가 되었네.
And, tender churl, mak'st waste in niggarding:

　세상을 불쌍히 여기세요. 세상에 남길
　Pity the world, or else this glutton be,

　유산을 무덤에서 파먹는 탐욕의 죄를 짓지 마세요.
　To eat the world's due, by the grave and thee.

마흔 차례 겨울이 당신 이마 공박(攻駁)해서
When forty winters shall besiege thy brow

아름다운 이마에 깊은 주름 남겼네,
And dig deep trenches in thy beauty's field,

지금은 사람 눈 끄는 청춘의 화려한 의상도,
Thy youth's proud livery, so gazed on now,

이윽고 보잘것없는 누더기처럼 보이겠지.
Will be a tattered weed of small worth held.

한때, 혈기 왕성했던 시절의 보물이던
Then being asked where all thy beauty lies,

그 아름다움은 어디로 갔는가 묻는다면,
Where all the treasure of thy lusty days,

움푹 파인 눈 속에 남아 있다고 응답하지만,
To say within thine own deep-sunken eyes

모든 것 다 챙긴 후의 수치스런 헛소리가 된다네.
Were an all-eating shame and thriftless praise,

만약에 당신이 "아름다운 아이는
How much more praise deserved thy beauty's use

내 인생의 결산이요, 노후의 위안이다" 말한다면,
If thou couldst answer "This fair child of mine

당신의 아름다움은 활용되어 칭찬을 받고,
Shall sum my count and make my old excuse,"

유산으로 계승되는 인정을 받는다네.
Proving his beauty by succession thine,

그것은 노년이 청년으로 새롭게 부활하고,
This were to be new made when thou art old

싸늘한 피가 다시 뜨거워지는 일이 된다네.
And see thy blood warm when thou feel'st it cold.

거울 속에 비친 당신의 얼굴을 보고
Look in thy glass and tell the face thou viewest

지금은 또 다른 얼굴 만들 때라고 말하세요,
Now is the time that face should form another,

그 얼굴 달리 새로 태어나지 않으면,
Whose fresh repair if now thou not renewest,

세상 속이고, 모성(母性)의 행운 뺏는 일이 됩니다.
Thou dost beguile the world, unbless some mother.

개간 안 된 처녀지에 남편을 받아들여
For where is she so fair whose uneared womb

밭을 갈지 않으려는 미녀가 어디 있겠습니까?
Disdains the tillage of thy husbandry?

또는, 자신만을 사랑하는 이유로 자손의 대를 끊으면서
Or who is he so fond will be the tomb

자신의 무덤을 파는 어리석은 바보가 어디 있겠습니까?
Of his self-love, to stop posterity?

당신은 어머니의 거울입니다. 어머니는 당신 속에서
Thou art thy mother's glass, and she in thee

자신의 화려했던 춘사월 젊은 날 회상하고,
Calls back the lovely April of her prime;

당신은 주름살 퍼진 노년의 창을 통해서
So thou through windows of thine age shalt see,

황금 같은 청춘 세월을 보게 됩니다.
Despite of wrinkles, this thy golden time.

만약에 당신의 인생이 망실되어도 좋다면,
But if thou live remembered not to be,

홀로 죽으세요, 그대 영상은 영원히 사라집니다.
Die single, and thine image dies with thee.

아름다운 낭비꾼이여, 어째서 미의 유산을
Unthrifty loveliness, why dost thou spend

당신 하나만을 위해 아낌없이 써버립니까?
Upon thyself thy beauty's legacy?

자연의 여신은 유산을 주지 않고 빌려만 줍니다,
Nature's bequest gives nothing but doth lend,

여신은 자비로운 사람에게는 관대하지요.
And being frank, she lends to those are free.

아름다운 구두쇠여, 당신은 어찌하여 이웃에 주도록
Then, beauteous niggar, why dost thou abuse

당신에게 맡긴 선물을 헛되이 낭비하고 있습니까?
The bounteous largess given thee to give?

무익한 고리대금업자여, 자연이 준 거액의
Profitless usurer, why dost thou use

선물을 어째서 투자 않고 빈둥대며 살고 있습니까?
So great a sum of sums yet canst not live?

당신은 자신만을 위한 거래를 위해, 아름다운 당신에서
For, having traffic with thyself alone,

태어나는 자신의 분신을 속이고 있습니다.
Thou of thyself thy sweet self dost deceive.

자연의 여신이 세상을 떠나라고 하명할 때,
Then how, when nature calls thee to be gone,

당신은 어떤 결산서를 남기고 갑니까?
What acceptable audit canst thou leave?

　쓰지 않는 아름다움은 그대와 함께 무덤으로 가지만,
　Thy unused beauty must be tombed with thee,

　그것으로 투자를 하면 유언 집행인으로 살아갑니다.
　Which used lives th' executor to be.

눈이란 눈이 모두 바라보는
Those hours that with gentle work did frame

아름다운 형상인 시간은
The lovely gaze where every eye doth dwell

똑같은 형상에 포악한 상처를 입혀
Will play the tyrants to the very same

아름다운 형상을 파괴할 것이다.
And that unfair which fairly doth excel;

쉴 줄 모르는 시간은 여름을 이끌다가
For never-resting time leads summer on

흉측한 겨울로 가서 여름을 소멸시킨다.
To hideous winter and confounds him there,

수액(樹液)은 서리를 맞아 무성한 나뭇잎을 떨구고,
Sap checked with frost and lusty leaves quite gone,

눈(雪)으로 가려진 아름다움은 천박한 광경이 되었다.
Beauty o'er-snowed and bareness everywhere,

그런 때, 여름 꽃 증류한 향수를
Then, were not summer's distillation left

병 속에 액체로 보존하지 않으면,
A liquid prisoner pent in walls of glass,

아름다움의 원천도, 아름다움도 영원히 잃게 되고,
Beauty's effect with beauty were bereft,

아름다움도, 아름다움의 기억도 영원히 사라진다.
Nor it nor no remembrance what it was,

그러나 향수가 된 꽃은 겨울을 만나도
But flowers distilled, though they with winter meet,

잃은 것은 외관일 뿐, 실체는 영원히 향기롭다.
Leese but their show; their substance still lives sweet.

그러니, 겨울 거친 손이 여름 얼굴 할퀴어
Then let not winter's ragged hand deface

문드러지기 전에 자신을 증류하세요.
In thee thy summer ere thou be distilled.

아름다움이 자멸하기 전에, 유리병에 향수를 채우고,
Make sweet some vial; treasure thou some place

그 그릇을 미(美)의 보고(寶庫)로 만드세요.
With beauty's treasure ere be self-killed.

채무자가 기쁜 마음으로 이자를 갚고 행복하다면
That use is not forbidden usury

그런 고리대금은 죄가 되는 일이 아닙니다.
Which happies those that pay the willing loan;

그것은 그대가 또 다른 자신을 부풀리는 일,
That's for thyself to breed another thee,

하나에 열의 이율이면 열 배의 행복을 낳는 일.
Or ten times happier, be it ten for one.

그대의 자손 열을 그대의 모습 열 배로 불리면,
Ten times thyself were happier than thou art

그대는 지금의 그대보다 열 배 더 행복해지는 셈.
If ten of thine ten times refigured thee;

그러니 그대가 죽는다 해도 죽음은 그대에게 무력한 것,
Then what could death do if thou shouldst depart,

그대는 세상을 떠나도 자손들 속에 살아 있지 않는가?
Leaving thee living in posterity?

그러니 고집을 부리지 마세요, 죽음이 그대를 정복해서
Be not self-willed, for thou art much too fair

벌레가 상속인이 되기에는 너무나 아름다운 그대입니다.
To be death's conquest and make worms thine heir.

보라, 동녘 하늘에 장엄한 빛을 발산하며
Lo, in the orient when the gracious light

이글거리는 태양이 머리를 치켜 올리면, 지상의 눈은
Lifts up his burning head, each under eye

새로 떠오르는 해를 우러러 경의를 표하면서,
Doth homage to his new-appearing sight,

성스런 임금에게 신하로서의 예의를 바친다.
Serving with looks his sacred majesty;

이윽고 험한 하늘의 언덕을 솟구쳐 오르는 태양은,
And having climbed the steep-up heavenly hill,

중년에 도달한 힘센 젊은이 모습이어서,
Resembling strong youth in his middle age,

지상의 눈은 그 아름다움을 찬양하며,
Yet mortal looks adore his beauty still,

천공을 가르는 황금의 여로를 따라간다.
Attending on his golden pilgrimage.

정상에 도달한 후 태양의 수레는 지치고,
But when from highmost pitch with weary car

휘청대는 노인처럼 천공에서 떨어져 내려오자,
Like feeble age he reeleth from the day,

지상의 눈은 전에 공대했던 태도를 바꾸고,
The eyes, 'fore duteous, now converted are

절름거리는 걸음걸이로 사방팔방으로 흐트러진다.
From his low tract and look another way.

지금, 인생의 한낮에 도달한 그대는 자손이 없으면,
So thou, thyself outgoing in thy noon,

아무도 돌보지 않는 가운데 외롭게 죽어갈 것이다.
Unlooked on diest unless thou get a son.

아름다움은 아름다움과 화합하고, 기쁨은 기쁨을 즐기는데.
Music to hear, why hear'st thou music sadly?

음악 같은 당신이 왜 음악을 언짢게 들으세요?
Sweets with sweets war not, joy delights in joy.

즐겁게 받아들일 수 없는 것을 그대는 왜 좋아합니까?
Why lov'st thou that which thou receiv'st not gladly,

어째서 당신은 언짢은 것을 즐겁게 받아들입니까?
Or else receiv'st with pleasure thine annoy?

아름다운 소리와 소리가 결합되어 조율되는
If the true concord of well-tuned sounds,

진정한 화음이 당신의 귀에 불쾌감을 일으킨다면,
By unions married, do offend thine ear,

그 소리는 당신을 너그럽게 꾸짖고 있습니다. 자신의 직분을 넘어
They do but sweetly chide thee, who confounds

혼자 내는 소리로 전체의 조화를 깨는 당신이기 때문입니다.
In singleness the parts that thou shouldst bear.

잘 살피세요, 하나의 현(絃)이 다른 현과 짝이 되어
Mark how one string, sweet husband to another,

서로 조화롭게 반응하며 교향(交響)하는 소리를
Strike each in each by mutual ordering,

마치 아버지와 아들이, 다정한 어머니와 한 몸 되어
Remembering sire and child and happy mother

하나의 즐거운 노래를 함께 부르고 있는 것 같아요.
Who all in one, one pleasing note do sing;

수많은 소리가 하나의 소리로 들리는 이 말없는 노래는,
Whose speechless song, being many, seeming one,

"혼자서는 안 된다는 것"을 알리는 그대를 위한 노래입니다.
Sings this to thee: "Thou single wilt prove none."

그대가 독신으로 한평생 지나려는 것은
Is it for fear to wet a widow's eye

미망인 된 아내를 울리지 않기 위해서인가요?
That thou consum'st thyself in single life?

그대가 자손을 남기지 않고 죽게 되면,
Ah, if thou issueless shalt hap to die,

과부 된 아내처럼 세상이 비탄에 빠질 것입니다.
The world will wail thee like a makeless wife;

이 세상은 그대의 미망인 되어 계속 눈물을 흘립니다.
The world will be thy window and still weep

그대가 당신을 닮은 자손을 남기지 않았기 때문이죠.
That thou no form of thee hast left behind,

대체적으로 미망인은 애들 눈을 보고,
When every private widow well may keep,

남편의 옛 모습을 상기합니다.
By children's eyes, her husband's shape in mind.

낭비꾼들이 세상에서 아무리 물 쓰듯 해도
Look what an unthrift in the world doth spend

돈은 돌고 돌아 누구든 언제나 사용할 수 있습니다.
Shifts but his place, for still the world enjoys it;

그러나 아름다움은 써버리면 그것으로 끝납니다.
But beauty's waste hath in the world an end,

쓰지 않으면, 미(美)의 소유는 그것으로 끝납니다.
And, kept unused, the user so destroys it.

자신에 대해서 치욕적인 살인을 하는 사람은
No love toward others in that bosom sits

타인에 대해서 사랑을 품는 일은 불가능합니다.
That on himself such murd'rous shame commits.

자기 자신에게 그토록 포악한 당신이기에,
For shame deny that thou bear'st love to any,

창피해서 타인을 사랑한다고 말할 수 없겠지요.
Who for thyself art so unprovident.

그대가 많은 사랑을 받는다고 한다면 인정합시다.
Grant, if thou wilt, thou art beloved of many,

하지만 그대가 아무도 사랑하지 않는 것은 확실합니다.
But that thou none lov'st is most evident.

그대는 살기등등한 증오심으로 넘쳐 있기에,
For thou art so possessed with murd'rous hate

주저 없이 음모를 꾸미고,
That 'gainst thyself thou stick'st not to conspire,

영혼이 깃든 육체를 아름답게 보존하지 않고
Seeking that beauteous roof to ruinate

훼손하려고 합니다.
Which to repair should be thy chief desire,

아, 그대가 생각을 바꾸면, 나도 견해를 바꾸렵니다.
O, change thy thought, that I may change my mind.

사랑을 누르고 증오심이 마음을 차지하면 되겠습니까?
Shall hate be fairer lodged than gentle love?

그대는 겉모습대로 인자롭고 친절한 사람이 되어주세요.
Be as thy presence is, gracious and kind,

적어도 자신에게는 관대한 마음을 베푸세요.
Or to thyself at least kind-hearted prove.

나를 사랑한다면 다른 인간이 되어주세요.
Make thee another self for love of me,

아름다움이 그대와 자손에게 남아 있도록 해주세요.
That beauty still may live in thine or thee.

늙어가는 속도만큼이나 빠르게 당신은 성장할 것입니다.
**As fast as thou shalt wane, so fast thou grow'st**

그대 자신을 부여한 또 다른 분신을 향하여,
**In one of thine, from that which thou departest;**

젊고 싱싱한 피를 나눈 또 다른 분신을 향하여,
**And that fresh blood which youngly thou bestow'st**

청춘과 이별하는 당신은 그들을 내 아이라고 부를 것입니다.
**Thou mayst call thine when thou from youth convertest.**

그 말 속에 지혜와 아름다움과 자손의 번영이 살아 있습니다.
**Herein lives wisdom, beauty, and increase;**

그것이 없으면, 어리석음과 노년과 싸늘한 쇠퇴가 있습니다.
**Without this, folly, age, and cold decay.**

모든 이들이 그렇게 되면, 세상은 끝장이 날 것입니다.
**If all were minded so, the times should cease,**

60년이 지나면 세계는 소멸될 것입니다.
**And threescore year would make the world away.**

자연의 신이 번식을 위해 창조한 인간이 아니면,
**Let those whom nature hath not made for store,**

거칠고, 추악하고, 조잡한 인간은 자손 없이 사멸해야 합니다.
**Harsh, featureless, and rude, barrenly perish;**

자연으로부터 최상의 것을 얻게 된 인간은 번식의 힘을 얻었습니다.
**Look whom she best endowed she gave the more,**

당신은 그 은혜로운 힘을 아낌없이 베풀어야 합니다.
**Which bounteous gift thou shouldst in bounty cherish,**

자연이 당신의 인감을 만든 것은 그것으로 당신이
**She carved thee for her seal, and meant thereby**

후손을 증식하기 위해서이지 멸종 때문이 아닙니다.
**Thou shouldst print more, not let that copy die.**

시간을 알리는 시계 소리 헤고 있을 때,
When I do count the clock that tells the time

아름다운 한낮이 무서운 밤으로 빨려드는 것을 볼 때,
And see the brave day sunk in hideous night,

바이올렛 꽃 향긋한 봄날이 사라지는 것을 볼 때,
When I behold the violet past prime

검은 곱슬머리가 온통 은발로 바뀌는 것을 볼 때,
And sable curls all silvered o'er with white;

가축 떼 폭염 막아주는 수목들 푸르른 나뭇잎이
When lofty trees I see barren of leaves,

떨어져 낙엽 되어 보리 짚단처럼 묶여 산더미 짐으로 실려
Which erst from heat did canopy the herd,

거친 수염 허옇게 드러내며
And summer's green all girded up in sheaves

영구차로 가는 것을 볼 때,
Borne on the bier with white and bristly beard;

당신의 아름다움을 의심스레 염려하는 까닭은
Then of thy beauty do I question make

당신의 황폐도 시간을 피할 수 없기 때문이고,
That thou among the wastes of time must go,

새로운 것이 태어나서 빠르게 성장하면 할수록
Since sweets and beauties do themselves forsake

사랑하는 것도, 아름다운 것도 빠르게 사멸하기 때문입니다.
And die as fast as they see others grow;

시간의 큰 낫이 당신을 이 세상에서 베어낼 때,
And nothing 'gainst Time's scythe can make defense

당신을 용감하게 지키는 것은 당신의 자손들뿐입니다.
Save breed, to brave him when he takes thee hence.

당신이 진정한 당신으로 살아 있으면 좋으련만!
O, that you were your self! But, love, you are

님이여, 당신은 목숨이 끊어지면 당신이 아닙니다.
No longer yours than you yourself here live;

다가오는 당신의 임종에 대비해서, 님이여,
Against this coming end you should prepare,

당신의 아름다운 모습을 다른 사람에게 남기세요.
And your sweet semblance to some other give.

그렇게 하면, 당신은 정해진 기간에 차용한 아름다움을
So should that beauty which you hold in lease

영원히 변제하지 않아도 되겠지요. 당신은 아마도
Find no determination; then you were

아름다운 당신의 아이가 당신의 모습을 이어받아
your self again after yourself's decease

세상을 떠나도 당신은 그대로 남아 있게 됩니다.
When your sweet issue your sweet form should bear.

너무나 아름다운 당신의 집을 누가 망가뜨립니까.
Who lets so fair a house fall to decay,

집안을 잘 다스리면, 추운 겨울 모진 바람 불어도,
Which husbandry in honor might uphold

끝없는 죽음의 한파로 만물이 시들어도,
Against the stormy gusts of winter's day

당신은 살아남겠지요?
And barren rage of death's eternal cold?

아아, 여기 있는 것은 낭비꾼들입니다. 사랑하는 당신은 알아요.
O, none but unthrifts, dear my love, you know.

자신에게는 아버지가 있다는 것을, 아들이 말하도록 하세요.
You had a father; let your son say so.

별을 보고 앞날을 점치는 것은 아니지만,
Not from the stars do I my judgment pluck,

그래도 나는 점성술을 터득하고 있는 듯하다.
And yet methinks I have astronomy —

이 일은 운세의 길흉을 알고자 함이 아니라,
But not to tell of good or evil luck,

질병, 기근, 계절의 특징을 점치려는 것도 아니라,
Of plagues or dearths, or seasons' quality;

미래의 운세를 시간에 따라 몇 시 몇 분에
Nor can I fortune to brief minutes tell,

번개 치고, 비바람 치는지 예언하려는 것도 아니라,
Pointing to each his thunder, rain, and wind,

하늘의 별에 나타나는 징조를 읽고, 왕후들에게
Or say with princes if it shall go well

별 걱정 없다고 단언하고 싶은 것도 아니다.
By oft predict that I in heaven find.

다만, 나는 당신의 눈을 보면 알 수 있다.
But from thine eyes my knowledge I derive,

나는 항성을 보고 읽을 수도 있다.
And, constant stars, in them I read such art

자손의 번영을 위해 당신이 개심을 하면,
As truth and beauty shall together thrive

진실과 아름다움이 함께 번영한다는 것을.
If from thyself to store thou wouldst convert;

그렇지 않으면, 당신의 종말은 진실과 아름다움의 몰락이요,
Or else of thee this I prognosticate:

최종적인 멸망이 된다고 나는 예언하게 될 것이다.
Thy end is truth's and beauty's doom and date.

이 세상에 태어나서 자라는 모든 것이
When I consider everything that grows

완전한 아름다움을 지키는 기간은 한순간에 지나지 않으며,
Holds in perfection but a little moment,

거대한 무대 위서 펼쳐지는 모든 구경거리도
That this huge stage presenteth nought but shows

말 없는 별들의 갈채와 비난으로 좌우된다고 판단할 때
Whereon the stars in secret influence comment;

인간과 식물도 똑같이 하늘의 영향을 받아서,
When I perceive that men as plants increase,

번식도 하고 자제도 하는데,
Cheered and checked even by the selfsame sky,

젊은 활력을 자랑해도 힘은 절정에 미치면 쇠퇴하고,
Vaunt in their youthful sap, at height decrease,

화려한 그들의 모습도 기억에서 사라지는데,
And wear their brave state out of memory,

덧없는 이 세상 운명을 생각하면
Then the conceit of this inconstant stay

청춘을 구가하는 당신 모습 떠올라,
Sets you most rich in youth before my sight,

파괴적인 "시간"이 "쇠퇴"와 힘을 합쳐
Where wasteful Time debateth with Decay

청춘의 낮을 더러운 밤으로 변하게 한다.
To change your day of youth to sullied night;

　당신의 사랑을 위해 나는 전력으로 "시간"과 싸워서,
　And, all in war with Time for love of you,

　시간이 탈취하는 당신의 목숨을 나는 시를 통해 부활시킨다.
　As he takes from you, I engraft you new.

어째서 당신은 보다 더 강력한 전술로
But wherefore do not you a mightier way

"시간"이라는 잔인한 폭군과 싸우지 않습니까?
Make war upon this bloody tyrant Time,

나의 쓰잘 것 없는 시보다 더 우수한 무기로써
And fortify yourself in your decay

당신의 쇠퇴를 왜 막으려 하지 않습니까?
With means more blessed than my barren rhyme?

지금 당신은 행복한 나날의 정점에 서 있는데,
Now stand you on the top of happy hours,

아직도 씨를 품지 않는 수많은 처녀의 정원이
And many maiden gardens, yet unset,

당신의 초상(肖像)보다 더 당신을 닮은 꽃을,
With virtuous wish would bear your living flowers,

당신의 생명의 꽃을 피우려고 소망하고 있네요.
Much liker than your painted counterfeit.

생명을 이어받는 자들이 생명을 부활시킵니다.
So should the lines of life that life repair

지금 시를 쓰는 이 연필, 나의 미숙한 펜은
Which this time's pencil or my pupil pen

내면의 가치와 외면의 아름다움을 지닌 당신을
Neither in inward worth nor outward fair

생생하게 사람들 눈에 전달할 수 없습니다.
Can make you live yourself in eyes of men.

　당신 자신을 내주는 일이 당신이 존재하는 길입니다.
　To give away yourself keeps yourself still,

　당신의 모습을 아이에게 재현하며 살아야 합니다.
　And you must live, drawn by your own sweet skill.

*017*

나의 시가 당신의 뛰어난 자질을 찬양하더라도,
Who will believe my verse in time to come

후세 사람들은 누가 그 진실을 믿어주겠습니까?
If it were filled with your most high deserts?

그 시는 당신의 삶을 매장한 묘비명이요,
Though yet, heaven knows, it is but as a tomb

당신의 삶을 감추며 자질의 반도 알리지 못합니다.
Which hides your life and shows not half your parts.

나의 시가 당신의 아름다운 눈을 그린다 하더라도,
If I could write the beauty of your eyes

나의 시가 당신의 매력을 그리며 노래를 하더라도,
And in fresh numbers number all your graces,

후세 사람들은 말하겠지요. "시인은 거짓말하고 있다.
The age to come would say "This poet lies;

천사를 그리는 언어로 인간의 얼굴을 그리다니."
Such heavenly touches ne'er touched earthly faces."

이렇게 되어 나의 시집은 세월을 지나 누렇게 찌들고,
So should my papers, yellowed with their age,

진실을 외면한 수다스런 늙은이처럼 경멸을 받을 것입니다.
Be scorned, like old men of less truth than tongue,

당신의 찬사는 시인의 망상으로 치부되며,
And your true rights be termed a poet's rage

옛날에 들었던 과장된 노래라고 전해질 것입니다.
And stretched meter of an antique song.

　만약에 그때 당신의 아이가 살아 있었다면,
　But were some child of yours alive that time,

　당신은 아이와 나의 시에서 두 번 살게 됩니다.
　You should live twice — in it and in my rhyme.

당신은 너무나 아름답고 사랑스러운데.
Shall I compare thee to a summer's day?

당신을 여름날에 비유할 수 있을까?
Thou art more lovely and more temperate.

거친 바람이 5월의 귀여운 봉오리 흔들고,
Rough winds do shake the darling buds of May,

여름의 하염없는 목숨은 짧기만 한데,
And summer's lease hath all too short a date.

때로는 태양의 눈초리 너무 뜨거워,
Sometimes too hot the eye of heaven shines,

황금 얼굴을 구름이 가린다.
And often is his gold complexion dimmed;

아무리 아름다워도 아름다움은 일시적인 것,
And every fair from fair sometime declines,

우연한 일과 자연의 변화로 상처를 입는다.
By chance or nature's changing course untrimmed.

당신의 영원한 여름이 퇴색하지 않아서,
But thy eternal summer shall not fade

당신의 아름다움은 소멸되지 않는다.
Nor lose possession of that fair thou ow'st

영원한 시(詩)에서 당신이 시간과 한 몸이 되면,
Nor shall Death brag thou wand'rest in his shade,

어두운 세상 헤맨다고 죽음은 말하지 않을 것이다.
When in eternal lines to time thou grow'st.

　사람이 숨을 쉬고, 눈을 뜨고 보는 한,
　So long as men can breathe or eyes can see,

　시는 오래도록 당신에게 생명을 줄 것이다.
　So long lives this, and this gives life to thee.

모든 것을 삼키는 시간이여, 사자의 발톱을 무디게 해서,
Devouring Time, blunt thu the lion's paws

이 땅이 귀여운 자신의 아이를 삼키도록 하라.
And make the earth devour her own sweet brood;

사나운 호랑이 이빨을 턱주가리서 뽑아내어,
Pluck the keen teeth from the fierce tiger's jaws,

장수하는 불사조를 날것으로 구워라.
And burn the long-lived phoenix in her blood;

발 빠른 시간이여, 세월을 지나며 당신의 계절을
Make glad and sorry seasons as thou fleet'st

즐겁게도 기쁘게도 만들어주며, 광활한 세상,
And do whate'er thou wilt, swift-footed Time,

하염없는 아름다움에 마음껏 손을 뻗쳐라.
To the wide world and all her fading sweets.

그러나 사랑하는 사람의 아름다운 이마에
But I forbid thee one most heinous crime:

시간을 새기는 흉측한 죄악은 범하지 말라.
O, carve not with thy hours my love's fair brow,

그대의 낡은 펜으로 줄을 긋지도 말라.
Nor draw no lines there with thine antique pen;

그에게는 지나는 길에 손을 대서는 안 된다.
Him in thy course untainted do allow

세상 아름다움의 사례로 깨끗이 남아야 한다.
For beauty's pattern to succeeding men.

하지만, 늙은 시간이여, 그대가 어떤 해독을 끼쳐도,
Yet, do thy worst, old Time: despite thy wrong,

나의 님은 나의 시 속에서 영원한 젊음을 누릴 것이다.
My love shall in my verse ever live young.

나의 정열을 사로잡은 사랑하는 남자인 당신은,
A woman's face with Nature's own hand painted

자연의 손으로 그린 여자의 얼굴을 하고 있다.
Has thou, the master mistress of my passion;

당신은 또한 여자의 부드러운 마음을 지니고 있으며,
A woman's gentle heart, but not acquainted

부실한 여자들에 흔한 변덕스런 꼴불견 성격도 없다.
With shifting change, as is false women's fashion;

당신의 눈은 여자 눈보다 밝고, 보는 것마다 금색으로
An eye more bright than theirs, less false in rolling,

거짓 사용 않는 것이 여자와 다르다.
Gilding the object whereupon it gazeth;

한 남자의 모습으로 모든 남자의 미덕을 한 몸에 지닌
A man in hue, all hues in his controlling,

당신은 남자들을 사로잡고, 여자들의 혼을 뺏고 놀라게 한다.
Which steals men's eyes and women's souls amazeth.

당신은 처음 여자로 창조되었다. 그러나 자연의 여신은
And for a woman wert thou first created,

당신을 만들면서 사랑에 빠져 아쉬운 나머지
Till Nature, as she wrought thee fell a-doting,

몸에 한 가지 더 추가해서 나를 속이고 빼앗아갔다.
And by addition me of thee defeated

나에게는 아무 소용 없는 그 한 가지를 덧붙여서였다.
By adding one thing to my purpose nothing.

　자연의 여신은 그의 즐거움으로 당신을 남자로 선택했으니,
　But since she pricked thee out for women's pleasure,

　나에게는 당신의 사랑을, 여자에게는 사랑의 혜택을 안긴다.
　Mine be thy love, and thy love's use their treasure.

같은 시인이라도 나는 그런 시인과는 다르다.
So is it not with me as with that muse

그 시인은 화장한 미인에 감동받아 시를 쓴다.
Stirred by a painted beauty to his verse,

천공(天空)마저 비유로 꾸며대며,
Who heaven itself for ornament doth use

모든 아름다움을 연인을 위해 노래하고,
And every faire with his fair doth rehearse,

해와 달, 지구와 바다의 보석,
Making a couplement of proud compare

4월에 만발한 꽃들과 하늘 아래
With sun and moon, with earth and sea's rich gems,

귀하디귀한 세상 만물을
With April's firstborn flowers and all things rare

교묘하게 연결해서 연인과 비교하며 자랑한다.
That heaven's air in this huge rondure hems,

나는 사랑도 진실하고, 시도 진실하다.
O, let me, true in love, but truly write,

하늘에 매달린 황금 촛불처럼
And then believe me, my love is as fair

밝지는 않아도. 나의 사랑은
As any mother's child, though not so bright

엄마의 아기처럼 아름답다.
As those gold candles fixed in heaven's air.

막말 소문 퍼뜨리는 시인들은 실컷 떠들어라.
Let them say more that like of hearsay well;

나는 연인을 팔거나 칭찬하는 일은 하지 않겠다.
I will not praise that purpose not to sell.

당신이 젊음을 유지하고 있는 동안
My glass shall not persuade me I am old

거울을 보면 내가 늙었다고 생각지 않는다.
So long as youth and thou are of one date,

하지만 당신 이마에 주름이 잡히는 것을 보면,
But when in thee Time's furrows I behold,

죽음은 나의 인생에 종막을 고할 것이라 생각한다.
Then look I death my days should expiate.

당신을 감고 있는 아름다움은
For all that beauty that doth cover thee

내 마음을 감싸는 의상이다.
Is but the seemly raiment of my heart,

당신 마음속에 내가 살고, 내 마음속에 그대가 살면,
Which in thy breast doth live, as thine in me;

어찌하여 내가 당신보다 더 늙었다 말할 수 있는가?
How can I then be elder than thou art?

아, 님이여, 몸을 잘 보살피세요.
O, therefore, love, be of thyself so wary

나도 자신을 위해서가 아니라, 당신을 위해 몸을 돌보며,
As I not for myself but for thee will,

다정한 유모가 애기를 정성껏 위하고 키우듯이,
Bearing thy heart, which I will keep so chary

나는 그대를 극진히 지키면서 당신 마음을 껴안고 살겠어요.
As tender nurse her babe from faring ill.

내 마음이 상처를 입으면 당신은 온전하지 못합니다.
Presume not on thy heart when mine is slain.

돌려주지 않아도 된다면서 그대는 그 마음을 주었습니다.
Thou gav'st me thine not to give back again.

서툰 배우가 무대에 서게 되면,
As an unperfect actor on the stage

기가 질려 제대로 대사를 못 하듯이,
Who with his fear is put beside his part,

격한 노여움으로 가슴이 메어,
Or some fierce thing replete with too much rage,

넘치는 힘에 밀려 힘을 못 쓰듯이,
Whose strength's abundance weakens his own heart;

나도 자신이 없어서 어떻게 받아들여질까 두려워
So I for fear of trust forget to say

사랑의 정식 고백을 잊어버린다.
The perfect ceremony of love's rite,

자신의 사랑의 무게에 짓눌려,
And in mine own love's strength seem to decay,

나 자신의 사랑마저 쇠퇴한 것을 느낀다.
O'ercharged with burden of mine own love's might.

아, 그러니, 나의 시(詩)여, 가슴에 쌓인 말을
O, let my books be then the eloquence

애타게 전하는 벙어리 대변자가 되어다오.
And dumb presagers of my speaking breast,

능숙한 말보다 더 사랑의 호소력이 있는 시집은
Who plead for love and look for recompense

나에게 사랑에 대한 보상을 끝내 안겨줄 것이다.
More than that tongue that more hath more expressed.

  아, 소리 없는 사랑이 쓴 시를 읽도록 하세요.
  O, learn to read what silent love hath writ.

  눈으로 듣는 것이 사랑의 진정한 지혜입니다.
  To hear with eyes belongs to love's fine wit.

## 024

나의 눈은 화가, 마음속 화폭에
Mine eye hath played the painter and hath stelled

당신의 아름다운 모습을 그려둔다.
Thy beauty's form in table of my heart;

나의 육체는 액자, 그림을 수납한다.
My body is the frame wherein 'tis held,

이토록 멋진 원근법으로 그린 그림은 없다.
And perspective it is best painter's art.

자신의 진실한 모습을 그린 초상을 보기 위해서는
For through the painter must you see his skill

화가의 눈을 통해서 보고, 그 기법을 알아야 한다.
To find where your true image pictured lies,

당신의 초상이 걸려 있는 내 마음의 화실 창에는
Which in my bosom's shop is hanging still,

당신의 눈이 창문의 유리가 되고 있다.
That hath his windows glazed with thine eyes.

이렇게 해서 눈과 눈은 협조해서,
Now see what good turns eyes for eyes have done:

내 눈은 당신을 그리고, 당신은 내 마음의 창문이 된다.
Mine eyes have drawn thy shape, and thine for me

그 창문을 통해 태양이 기쁜 마음으로 방 안을 기웃거리며
Are windows to my breast, wherethrough the sun

그 속에 있는 당신을 응시하고 있다.
Delights to peep, to gaze therein on thee.

눈은 기술이 모자라 작품을 아름답게 꾸밀 줄 모른다.
Yet eyes this cunning want to grace their art:

눈에 보이는 것은 그릴 수 있어도, 마음속까지 그릴 수 없다.
They draw but what they see, know not the heart.

## 025

행운의 별자리서 태어난 사람들은
Let those who are in favour with their stars

명예로운 지위와 빛나는 칭호를 자랑해도 좋다네.
Of public honor and proud titles boast,

나는 운명적으로 그런 승리의 영광을 얻지 못했지만,
Whilst I, whom fortune of such triumph bars,

뜻밖에도 최고의 명예라고 생각되는 기쁨을 얻었지.
Unlocked for joy in that I honor most,

왕후(王侯) 제신들이 아름다운 꽃잎을 펼치는 것은
Great princes' favorites their fair leaves spread

금잔화가 햇빛을 쫓는 격이어서,
But as the marigold at the sun's eyes,

그들의 화려한 모습도 일장춘몽이라네.
And in themselves their pride lies buried,

태양이 상을 찌푸리면 그들은 한낱 영광 속 거품일세.
For at a frown they in their glory die.

백전백승 용감한 장군도
The painful warrior famousèd for worth,

천 번 싸워 한 번 지면
After a thousand victories once foiled,

명예의 기록에서 이름이 지워지고,
Is from the book of honor razèd quite,

고생 끝 얻은 수훈도 헛일이 되고 마네.
And all the rest forgot for which he toiled,

　그러니, 헤어지지도 쫓겨나지도 않으면서,
　Then happy I, that love and am beloved

　나는 사랑하고, 사랑받으니 얼마나 행복한가.
　Where I may not remove nor be removed.

## 026

나의 사랑하는 군주여, 당신의 신하로서
Lord of my love, to whom in vassalage

충성심을 바치기에 당신은 합당한 존재입니다.
Thy merit hath my duty strongly knit,

당신에게 이 글을 바치는 것은
To thee I send this written embassage

나의 글재주보다 나의 충성심을 보여드리기 위해서입니다.
To witness duty, not to show my wit;

언어가 부족해서 벌거벗은 모양새이지만,
Duty so great, which wit so poor as mine

사심 없는 나의 충정을
May make seem bare, in wanting words to show it,

당신이 호감을 갖고 보시고,
But that I hope some good conceit of thine

당신 마음속에 이를 간직하도록 바라기 때문입니다.
In thy soul's thought, all naked, will bestow it;

나를 이끄는 인생의 별은 이윽고
Till whatsoever star that guides my moving

나에게 결국은 은혜로운 방향으로 길을 인도할 것입니다.
Points on me graciously with fair aspect,

그리고 나의 누더기 된 사랑에 아름다운 옷을 입혀,
And puts apparel on my tattered loving

"당신"의 눈에 흡족한 모습이 되도록 할 것입니다.
To show me worthy of thy sweet respect.

　　그렇게 되면 나는 당신의 사랑을 당당히 외칩니다.
　　Then may I dare to boast how I do love thee;

　　그때까지, 당신이 시험하는 곳에 나는 나타나지 않습니다.
　　Till then, not show my head where thou mayst prove me.

## 027

나는 지쳐서 침대 속으로 급히 몸을 눕히고,
**Weary with toil, I haste me to my bed,**

여행 때문에 피로한 팔다리를 쉬게 합니다.
**The dear repose for limbs wit travel tired,**

그러나 그 순간부터 머리 여행이 시작됩니다.
**But then begins a journey in my head**

몸의 일은 끝났는데, 이번에는 마음이 움직입니다.
**To work my mind when body's work's expired.**

나의 소원은 지금 있는 곳에서 멀리 떠나서,
**For then my thoughts, from far where I abide,**

당신이 있는 곳으로 힘찬 순례길 가는 일입니다.
**Intend a zealous pilgrimage to thee,**

축 늘어지는 눈꺼풀을 활짝 열고,
**And keep my drooping eyelids open wide,**

맹인이 보는 어둠을 응시하면
**Looking on darkness which the blind do see;**

내 영혼의 상상 속 시력은
**Save that my soul's imaginary sight**

"당신"의 모습을 맹인의 눈에 비춰줍니다.
**Presents "thy" shadow to my sightless view,**

그것은 무서운 밤을 장식하는 보석처럼
**Which like a jewel hung in ghastly night**

어두운 밤을 젊고 아름답게 만들어줍니다.
**Makes black night beauteous and her old face new.**

이 때문에 낮에는 팔다리가, 밤에는 내 마음이,
**Lo, thus, by day my limbs, by night my mind,**

당신으로 향하는 여로로 쉴 수 없습니다.
**For thee and for myself no quiet find.**

## 028

휴식의 은혜를 얻지 못한 내가
How can I then return in happy plight

어찌 무사히 돌아올 수 있겠는가.
That am debarred the benefit of rest,

한낮의 고통은 밤이 되어도 누그러들지 않고,
When day's oppression is not eased by night,

낮이면 밤마다, 밤이면 낮으로 격심한데,
But day by night and night by day oppressed;

둘은 각기 나의 적수들이고, 나의 지배권을 노리면서,
And each, though enemies to either's reign,

나를 괴롭히기 위해 손잡고 협조합니다.
Do in consent shake hands to torture me,

노역으로, 한탄으로 짓이기고 있습니다.
The one by toil, the other to complain

얼마나 더 일하고, 얼마나 떨어져 있어야 합니까?
How far I toil, still farther off from thee?

나는 한낮을 향해 기쁨을 주려고 이렇게 말합니다. 당신이 빛나고 있는 동안
I tell the day to please him thou art bright

날이 흐려도 세상을 밝힐 수 있으니 아무 걱정 없습니다.
And dost him grace when clouds do blot the heaven;

나는 어두운 밤의 얼굴에 아첨하며 이렇게 말합니다.
So flatter I the swart complexioned night,

밤하늘에 반짝이는 별이 없어도, 저녁 하늘에 당신이 빛나고 있습니다.
When sparkling stars twire not, thou gild'st the even.

그럼에도 낮이 되면 나날이 슬픔의 시간은 길어지고,
But day doth daily draw my sorrows longer,

밤이 되면 밤마다 슬픔의 쓰라림은 깊어만 갑니다.
And night doth nightly make grief's length seem stronger.

## 029

운(運)도 다해서 사람으로부터 멸시당할 때,
When in disgrace with fortune and men's eyes,

나는 외롭게 버림받은 신세를 한탄하며,
I all alone beweep my outcast state,

무익한 외침으로 응답 없는 하늘을 원망하네.
And trouble deaf heaven with my bootless cries,

내 신세 처량하다 저주하면서,
And look upon myself and curse my fate,

나보다 나은 사람 앞날을 부러워하네.
Wishing me like to one more rich in hope,

그 사람처럼 생기고, 그 사람 같은 친구 소원하며,
Featured like him, like him with friends possessed,

그 사람의 학식과 도량을 갖고자 바라면서,
Desiring this man's art and that man's scope,

나는 타고난 자질에 대해 엄청 불만스럽네.
With what I most enjoy contented least;

이런 생각으로 나 자신을 경멸하면서도,
Yet in these thoughts myself almost despising,

문득 당신 생각을 하면, 그것만으로도,
Haply I think on thee, and then my state,

나는 새벽하늘 치솟는 종달새처럼
Like to the lark at break of day arising

참담한 지상을 떠나 천당 앞에서 찬양 노래 부른다네.
From sullen earth, sings hymns at heaven's gate;

사랑스런 당신 회상하면 그것으로 나는 행복해져,
For thy sweet love remembered such wealth brings

이 몸을 제왕과도 바꾸지 않겠다는 생각을 한다네.
That then I scorn to change my state with kings.

## 030

달콤한 침묵이 깔린 마음의 법정에
When to the sessions of sweet silent thought

지나간 추억을 소환하면,
I summon up remembrance of things past,

내가 찾는 많은 사연이 없어서 한숨 짓고,
I sigh the lack of many a thing I sought,

시간 낭비한 옛 슬픔을 새삼스레 개탄한다.
And with old woes new wail my dear time's waste;

끝없는 죽음의 밤에 사라진 귀한 친구를 위해,
Then can I drown an eye, unused to flow,

보통 때 흘리지 않는 눈물을 눈에 담고,
For precious friends hid in death's dateless night,

끝나버린 사랑의 슬픔 때문에 울면서,
And weep afresh love's long since canceled woe,

수많은 일들이 사라진 것을 아쉬워한다.
And moan th' expense of manu a vanished sight.

지나간 슬픔을 되새기면서 새삼 슬퍼하고,
Then can I grieve at grievances foregone,

숱한 고통의 사연을 하나씩 헤어보면서,
And heaavily from woe to woe tell o'er

이미 끝난 슬픈 사연을 다시 청산하며,
The sad account of fore-bemoaned moan,

하지 않았던 계산인 양 다시 지불한다.
Which I new pay as if not paid before,

　　그러나 사랑하는 친구여, 그대를 생각하면,
　　But if the while I think on thee, dear friend,

　　모든 손실은 보상되고 슬픔은 끝난다.
　　All losses are restored and sorrows end.

## 031

만나지 않아서 죽었다고 생각한 사람들 마음 모두 가졌으니
Thy bosom is endeared with all hearts

당신의 가슴은 아주 소중한 것이 되었다.
Which I by lacking have supposed dead,

사랑과, 사랑의 모든 것들, 그리고 매장되었다고 생각한
And there reigns love and all love's loving parts,

모든 친구들이 당신의 가슴을 지배하고 있다.
And all those friends which I thought buried.

얼마나 많은 거룩하고 구슬픈 애도의 마음이
How many a holy and obsequious tear

나의 눈에서 경건한 사랑의 눈물을 빼앗았는가.
Hath dear religious love stol'n from mine eye,

그런 눈물을 받는 것은 죽은 자들의 권리이기에,
As interest of the dead, which now appear

죽은 자들은 지금 "당신"의 가슴속에 숨어 있다.
But things remove that hidden in thee lie.

당신은 매장된 사랑이 살아서 존재하는 무덤이다.
Thou art the grave where buried lover doth live,

나를 사랑한 죽은 자들의 기념품이 그곳을 장식하고 있다.
Hung with the trophies of my lovers gone,

나에 대한 그들의 요구가 당신에게 옮겨지고
Who all their parts of me to thee did give;

많은 사람의 권리가 지금은 다 당신의 것이 되었다.
That due of many now is thine alone.

그들은 나에게서 받은 사랑을 당신에게 주었으니,
Their images I loved I view in thee,

당신은 그들의 전부요, 나의 모든 것을 갖고 있다.
And thou, all they, hast all the all of me.

## 032

만약에 당신이 나보다 더 오래 산다면,
If thou survive my well-contented day

흉측한 죽음이 나의 뼈를 흙으로 덮을 때,
When that churl Death my bones with dust shall cover,

한때 당신의 연인이 써놓은 미숙한 시를
And shalt by fourtune once more resurvey

우연한 기회에 읽을 일이 있다면,
These poor rude lines of thy deceased lover,

시대에 따라 발전한 후세의 시와 비교해서,
Compare them with the bett'ring of the time,

낙후된 것을 알게 되더라도,
And though they be outstripped by every pen,

다른 행운의 시대 시인과는 비교가 안 되는
Reserve them for my love, not for their rhyme,

작품의 우열로서가 아니라, 나의 사랑을 기념해서
Exceeded by the height of happier men.

이 시를 간직해요, 그때가 되면 이렇게 생각하세요.
O, then vouchsafe me but this loving thought:

"내 친구의 시심(詩心)이 시대와 더불어 발전했다면,
"Had my friend's muse grown with this growing age,

그의 사랑은 더 가치 있는 작품을 잉태했을 것이며,
A dearer birth than this his love had brought

더 나은 시를 남겨, 우수한 시인의 대열에 끼었을 것이다.
To march in ranks of better equipage.

그러나 그는 사망하고, 다른 시인들은 발전했다.
But since he died and poets better prove.

그들의 시는 문체 때문에, 그의 시는 사랑 때문에 읽는다."
Theirs for their style I'll read, his for his love."

## 033

나는 보았다. 해 맑은 아침이면 눈부신 태양이
Full many a glorious morning have I seen

찬란한 빛으로 산봉우리 감싸고,
Flatter the mountain tops with sovereign eye,

푸른 목장에 얼굴을 비비며,
Kissing with golden face the meadows green,

흐르는 시냇물 금빛으로 물들게 하는 것을.
Gilding pale streams with heavenly alchemy,

그리고 또 보았다.
Anon permit the basest clouds to ride

더러운 먹구름으로 태양이 얼굴을 가리고,
With ugly rack on his celestial face,

쓸쓸한 세상에서 몸을 숨기며,
And from the forlorn world his visage hide,

부끄럽게 도망치듯 서쪽으로 가는 것을.
Stealing unseen to west with this disgrace.

그럼에도 태양은 어느 날 이른 아침,
Even so my sun one early morn did shine

내 이마에 빛을 쏟으며 반짝이다가,
With all-triumphant splendor on my brow,

슬프게도 한 시간 머물고,
But, out alack, he was but one hour mine;

하늘을 덮은 구름에 가려 사라졌다.
The region cloud hath masked him from me now.

　그래도 나는 태양을 사랑한다.
　Yet him for this my love no whit disdaineth;

　하늘의 태양이 빛을 잃으면, 지상의 태양도 더럽혀진다.
　Suns of the world may stain when heaven's sun staineth.

## 034

나에게 맑고 아름다운 날을 약속하고
Why didst thou promise such a beauteous day

나로 하여금 외투 없이 외출하라 했는데,
And make me travel forth without my cloak,

어찌하여 도중에 먹구름 풀어 나를 쫓도록 만들고,
To let base clouds o'ertake me in my way,

당신은 독기 서린 연기 속에 눈부신 모습을 감추었나요?
Hiding thy brav'ry in their rotten smoke?

당신이 구름 사이로 다시 나타나서
'Tis not enough that through the cloud thou break

비바람 내리친 내 얼굴 마르게 해도, 그것으로는 부족합니다.
To dry the rain on my storm-beaten face,

몸의 상처는 고치고, 치욕의 상처를 내버려두면
For no man well of such a salve can speak

그런 연고(軟膏)는 아무도 칭찬하지 않습니다.
That heals the wound and cures not the disgrace.

당신이 후회해도 슬픔은 완화되지 않기에,
Nor can thy shame give physic to my grief;

당신의 치욕은 내 슬픔의 약이 되지 못하고,
Though thou repent, yet I have still the loss.

범법자의 슬픔은 처참한 해독을 입은
Th' offender's sorrow lends but weak relief

수난(受難)자에게는 아무런 위로가 되지 못합니다.
To him that bears the strong offense's cross.

　아아, 당신의 사랑이 흘리는 눈물은 진주,
　Ah, but those tears are pearl which thy love sheds,

　그 가치는 모든 죄를 보상하고도 남습니다.
　And they are rich and ransom all ill deeds.

## 035

당신이 한 일을 더 이상 슬퍼하지 마세요.
No more be grieved at that which thou hast done.

장미는 가시가 있죠, 은빛 분수 바닥에는 흙이 있어요.
Roses have thorns, and silver fountains mud;

구름이나 일식은 태양과 달을 가리지요.
Clouds and eclipses stain both moon and sun,

향기로운 꽃봉오리에는 역겨운 벌레가 있어요.
And loathsome canker lives in sweetest bud.

인간은 누구나 죄를 범하죠. 나도 마찬가지입니다.
All men make faults, and even I in this,

당신이 저지른 과오를 다른 예와 비교해서 옹호하고,
Authorizing thy trespass with compare,

당신의 죄를 필요 이상 변호하며 나 자신을 타락시키면서,
Myself corrupting salving thy amiss,

당신이 저지른 것 이상으로 당신의 죄를 용서합니다.
Excusing thy sins more than thy sins are.

나는 당신의 육체적 과오에 대해서 이유를 달고,
For to thy sensual fault I bring in sense —

당신의 고발자이면서 동시에 당신의 변호인이 되어,
Thy adverse party is thy advocate —

나 자신을 상대로 정당한 소송을 제기하고 있습니다.
And 'gainst myself a lawful plea commence.

사랑과 미움이 내 속에서 소용돌이 치고 있기 때문이죠.
Such civil war is in my love and hate

   나로부터 내 것을 사정없이 훔쳐가는 사랑스런
   That I an accessary needs must be

   도적인 당신은 나의 공범자가 될 수밖에 없습니다.
   To that sweet thief which sourly robs from me.

## 036

비록 우리 사랑이 하나로 합쳤다 해도
Let me confess that we two must be twain

우리는 둘로 나누어진 두 사람입니다.
Although our undivided loves are one;

그래서 내가 입은 오명(汚名)도 언제까지나
So shall those blots that do with me remain,

당신의 도움 없이 혼자서 뒤집어써야 합니다.
Without thy help, by me be borne alone.

우리 두 사랑은 하나로 생각되어도,
In our two loves there is but one respect,

우리 인생은 부당한 작별의 운명입니다.
Though in our lives a separable spite,

비록 사랑의 온전한 은혜는 변하지 않지만,
Which though it alter not love's sole effect,

사랑의 기쁨에서 달콤한 시간은 사라집니다.
Yet doth it steal sweet hours from love's delight.

나는 앞으로 당신을 두 번 다시 인정하지 않으렵니다.
I may not evermore acknowledge thee,

개탄스런 나의 죄가 당신에게 해가 되지 않기 위해서지요.
Lest my bewailed guilt should do thee shame,

당신의 명예가 당신의 이름에서 사라지지 않도록
Nor thou with public kindness honor me

공개적으로 나에게 선심을 베풀지 말아주세요.
Unless thou take that honor from thy name.

　　그러지 말아주세요. 내가 당신을 사랑하는 것은
　　But do not so. I love thee in such sort

　　당신이 나이기에, 당신의 명성도 내 것이기 때문입니다.
　　As, thou being mine, mine is thy good report.

## 037

나는 운명의 저주로 불구의 몸이지만,
**As a decrepit father takes delight**

노쇠한 아버지가 기운 넘친 아들의
**To see his active child do deeds of youth,**

젊은 행동을 보고 기뻐하는 것처럼,
**So I, made lame by fortune's dearest spite,**

당신의 성실한 인품에 위안을 얻습니다.
**Take all my comfort of thy worth and truth.**

미모, 가문, 부귀, 지혜, 이 모든 것, 그리고
**For whether beauty, birth, or wealth, or wit,**

그 이상의 권위 등 모든 것이 갖추어져
**Or any of these all, or all or more,**

당신은 미덕의 왕좌에 군림하고,
**Entitled in thy parts do crowned sit,**

나는 당신의 보고(寶庫)에 사랑을 접목합니다.
**I make my love engrafted to this store.**

그랬더니 당신의 은혜로운 그림자에 영향을 받고,
**So then I am not lame, poor, nor despised**

나는 생기를 얻어, 가난에서 벗어나, 아무런 차별도
**Whilst that this shadow doth such substance give**

받지 않고, 당신의 다복하고 풍성한 몸이 되어,
**That I in thy abundance am sufficed**

당신의 영광을 나누고 누리며 살아갑니다.
**And by a part of all thy glory live.**

　당신이 지닌 최고의 것을 나는 소망합니다.
　**Look what is best, that best I wish in thee.**

　바라기만 해도 나는 열 배나 더 행복합니다.
　**This wish I have, then ten times happy me.**

## 038

살아 있는 당신, 당신이라는 아름다운 주제가
How can my muse want subject to invent

나의 시에 입김을 불어 넣으면. 나의 시는
While thou dost breathe that pour'st into my verse

주제의 빈곤을 느끼지 않습니다. 당신이라는 주제는
Thine own sweet argument, too excellent

보통 시가 다루기에는 너무나 탁월한 내용입니다.
For every vulgar paper to rehearse?

나의 시에 당신이 읽을 만한 것이 눈에 뜨이면,
O, give thyself the thanks if aught in me

찬사는 당신에게 돌아갑니다.
Worthy perusal stand against thy sight,

당신이 나에게 시적 상상을 불러일으키는데,
For who's so dumb that cannot write to thee

침묵으로 당신에게 응답할 수 있겠습니까?
When thou thyself dost give invention light?

옛 시인이 불러내는 아홉 명 뮤즈보다
Be thou the tenth muse, ten times more in worth

당신은 열 배나 더 가치 있는 열 번째 뮤즈가 되세요.
Than those old nine which rhymers invocate;

당신을 불러내는 시인에게는 후세에 길이 남는
And he that calls on thee, let him bring forth

불멸의 명작을 안겨주세요.
Eternal numbers to outlive long date.

　보잘것없는 나의 시가 까다로운 세상에도 먹히면,
　If my slight muse do please these curious days,

　고생은 나의 것이요, 칭찬은 당신의 것이 됩니다.
　The pain be mine, but thine shall be the praise.

## 039

당신은 나의 장점을 모두 갖고 있어요.
O, how thy worth with manners may I sing

당신의 미덕을 칭찬해도 불손인가요?
When thou art all the better part of me?

당신을 찬양하는 일은 나를 칭찬하는 일인데,
What can mine own praise to mine own self bring,

나를 찬양한다 해도 무슨 득이 있겠어요?
And what is 't but mine own when I raise thee?

그러니 우리 이별하고 살아갑시다.
Even for this let us divided live

둘의 사랑을 하나라 묶어두지 않기 위해서죠.
And our dear love lose name of single one,

헤어지면 당신 혼자 받는 사랑을
That by this separation I may give

나는 당신에게 바칠 수 있습니다.
That due to thee which thou deserv'st alone.

사랑의 추억으로 달콤한 시간을 보낼 수 있다면,
O absence, what a torment wouldst thou prove

이별은 너무나 참담한 고통이지만,
Were it not thy sour leisure gave sweetly doth deceive,

쓰라린 휴가는 달콤한 시간을 주기에
To entertain the time with thoughts of love,

추억의 시간을 감미롭게 맛볼 수 있습니다.
Which time and thoughts so sweetly dost deceive,

떠나간 사람을 이 시 한 줄로 찬양할 수 있다면
And that thou teachest how to make one twain

하나의 사랑이 둘이 되는 것을 가르쳐줍니다.
By praising him here who doth hence remain.

## 040

사랑하는 님이여, 내가 아끼는 모든 것을 갖고 가세요.
Take all my loves, my love, yea, take them all.

그렇게 되면, 당신은 그전보다 재산이 더 늘어나지요?
What has thou then more than thou hadst before?

사랑하는 님이여, 지금 나에게는 진정한 사랑이 없습니다.
No love, my love, that thou mayst true love call;

당신이 내 연인을 빼앗기 전 내 사랑은 당신이었습니다.
All mine was thine before thou hadst this more.

당신이 내 사랑을 위한다면서 내 연인을 빼앗는다고 해서,
Then, if for my love thou my love receivest,

내 연인을 차지한 당신을 나는 비난하지 않습니다.
I cannot blame thee for my love thou usest;

하지만 당신의 분신인 나를 배신하고, 당신이 이기적인
But yet be blamed if thou thyself deceivest

마음으로 거부했던 것을 다시 차지했다면 비난을 받아야 합니다.
By wilful taste of what thyself refusest.

점잖은 도적이여, 당신은 나의 가난한 재산을
I do forgive thy robb'ry, gentle thief,

모두 훔쳤지만, 나는 당신의 도적질을 용서합니다.
Although thou steal thee all my poverty;

증오심이 만드는 상처는 그렇다 하더라도
And yet love knows it is a greater grief

사랑의 배신은 연인들이 견딜 수 없는 큰 슬픔입니다.
To bear love's wrong than hate's known injury.

　바람둥이 귀공자여, 당신의 모든 악행이 훤히 보입니다.
　Lascivious grace, in whom all ill well shows,

　비록 참살을 당해도, 당신의 적이 되고 싶지는 않습니다.
　Kill me with spites, yet we must not be foes.

## 041

내가 잠시 당신의 마음을 떠나 있을 때,
**Those pretty wrongs that liberty commits**

방탕한 마음으로 사소한 잘못을 저지르는 것은,
**When I am sometime absent from thy heart,**

그대 있는 곳에 항상 유혹이 따르기 때문에,
**Thy beauty and thy years full well befits,**

당신의 미모와 젊음에 합당한 일이긴 하다.
**For still temptation follows where thou art.**

유순한 당신은 쉽게 말려들지.
**Gentle thou art, and therefore to be won;**

아름다운 당신은 유혹의 대상이지.
**Beauteous thou art, therefore to be assailed;**

여인이 구애하면, 어느 남자인들
**And when a woman woos, what woman's son**

쉽사리 그 여인을 버릴 수 있겠는가?
**Will sourly leave her till he have prevailed?**

그대는 내 자리를 빼앗지 않았지만, 그런데도
**Ay me, but yet thou mightst my seat forbear,**

나는 그대의 미모와 빗나간 젊음을 꾸짖고 싶다.
**And chide thy beauty and thy straying youth,**

미모와 젊음은 혈기 왕성한 그대를 어지럽히고,
**Who lead thee in their riot even there**

결국은 두 가지 진실을 깨뜨려버렸기 때문이다.
**Where thou art forced to break a twofold truth:**

　미모로 여인을 그대 곁으로 유혹하고,
　**Hers, by thy beauty tempting her to thee,**

　그대는 미모로 또한 나를 배신했다.
　**Thine, by thy beauty being false to me.**

## 042

나는 그녀를 몹시 사랑하고 있다고 말할 수 있지만,
That thou hast her, it is not all my grief,

당신이 그녀를 차지한 일은 나의 슬픔의 전부가 아니다.
And yet it may be said I loved her dearly;

나의 비탄은 그녀가 당신을 차지한 일이다.
That she hath thee is of my wailing chief,

사랑의 상실은 더욱더 나를 괴롭히고 있다.
A loss in love that touches me more nearly.

사랑의 죄인들을 위하여 나는 이렇게 변명하겠다.
Loving offenders, thus I will excuse ye:

그녀에 대한 나의 사랑을 알고 당신은 그녀를 사랑했다.
Thou dost love her because thou know'st I love her,

그녀는 또한 나에 대한 사랑으로 인해 나를 배신했다.
And for my sake even so doth she abuse me,

나를 위해서, 친구여, 당신이 그녀를 탐하도록 허락한다.
Suff'ring my friend for my sake to approve her.

내가 당신을 잃게 되면, 내 손실은 내 사랑의 득(得)이다.
If I lose thee, my loss is my love's gain,

내가 그녀를 잃게 되면, 내 친구는 그 손실을 발견한다.
And losing her, my friend hath found that loss;

내가 둘 다 잃게 되면, 둘은 서로가 서로를 발견한다.
Both find each other, and I lose both twain,

그리고 나를 위해 이 십자가를 내가 짊어지도록 만든다.
And both for my sake lay on me this cross.

  그러나 여기에 기쁨이 있다. 내 친구와 나는 하나이기 때문에
  But here's the joy: my friend and I are one;

  아, 달콤한 아첨이여! 그녀는 나 혼자만을 사랑한다.
  Sweet flattery! then she loves but me alone.

## 043

내 눈은 감고 있을 때 더 잘 볼 수 있어요.
When most I wink, then do mine eyes best see,

낮 동안 눈을 뜨고 있지만 보이는 것이 없어요.
For all the day they view things unrespected;

어둠 속에서 더욱더 빛나는 내 눈은,
But whn I sleep, in dreams they look on thee

잠들고 있을 때, 꿈속에서 그대를 봅니다.
And, darkly bright, are bright in dark directed.

그렇게 되면 그대 모습이 밤의 그림자를 밝힙니다.
Then thou whose shadow shadows doth make bright,

밝은 낮 더욱더 밝은 빛으로 당신의 모습이
How would thy shadow's form form happy show

실제로 나타나면 얼마나 좋을까요,
To the clear day with thy much clearer light

당신의 모습이 눈이 어두운 사람들에게도 밝게 빛나기 때문이죠!
When to unseeing eyes thy shade shines so!

대낮 불빛 속에서 그대의 모습을 볼 수 있다면,
How would, I say, mine eyes be blessed made

거듭 말하지만, 내 눈은 얼마나 호강스러울까요,
By looking on thee in the living day,

그대 모습은, 한밤중 깊은 잠, 꿈속에서
When in dead night thy fair imperfect shade

시력이 없는 내 눈에 아름다운 허상으로 나타나기 때문이죠!
Through heavy sleep on sightless eyes doth stay!

　당신을 볼 때까지 모든 낮은 밤입니다.
　All days are nights to see till I see thee,

　꿈에서 당신을 보면 모든 밤은 밝은 대낮입니다.
　And nights bright days when dreams do show thee me.

## 044

만약에 이 무거운 육체가 발 빠른 '생각'으로 둔갑한다면,
If the dull substance of my flesh were thought,

훼방꾼 먼 거리도 내 발길을 멈추게 할 순 없을 거다.
Injurious distance should not stop my way,

비록 내 발이 당신으로부터
For then, despite of space, I would be brought

멀리 떨어진 변경에 서 있더라도
From limits far remote, where thou dost stay.

별 문제 없이 나는 당신 곁으로 직행할 수 있다.
No matter then although my foot did stand

발 빠른 생각은 가고 싶은 곳을 생각만 해도
Upon the farthest earth removed from thee,

바다도 육지도 단숨에 뛰어넘을 수 있다.
For nimble thought can jump both sea and land

하지만, 이 몸은 생각이 아니기 때문에
As soon as think the place where he would be.

그런 생각이 나를 짓누르고,
But, ah, thought kills me that I am not thought.

천 리 길 달려 그대 곁에 갈 수 없다.
To leap large lengths of miles when thou art gone,

이 몸이 흙과 물로 이루어졌으니,
But that, so much of earth and water wrought,

신음 소리 내면서 재회의 시간을 기다릴 수밖에 없다.
I must attend time's leisure with my moan;

흙과 물은 느린 원소이기 때문에
Receiving nought by elements so slow

슬픔의 표시인 눈물만이 남는다.
But heavy tears, badges of either's woe.

## 045

두 개의 원소, 가벼운 공기와 정화의 불길은,
The other two, slight air and purging fire,

내가 어디 있어도 당신과 함께 존재합니다.
Are both with thee, wherever I abide;

그중 하나는 나의 '생각,' 또 다른 것은 나의 '욕망'입니다.
The first my thought, the other my desire,

있다가도 없는 이 원소는 빠른 움직임으로 흘러갑니다.
These present-absent with swift motion slide.

이 두 원소가 당신 곁으로
For when these quicker elements are gone

사랑의 사자(使者)로서 가버리면,
In tender embassy of love to thee,

네 가지 원소로 존재하는 나의 목숨은 두 가지 원소가 되어,
My life, being made of four, with two alone

우울증에 짓눌려 죽음으로 침강(沈降)합니다.
Sinks down to death, oppressed with melancholy;

이윽고 민첩한 사자들이 당신으로부터 돌아오면
Until life's comnposition be recured

원소의 조합이 복귀되어 생명이 소생합니다.
By those swift messengers returned from thee,

지금 그 사자들이 돌아와서, 당신의 건강이
Who ev'n but now come back again, assured

좋아졌다고 나에게 소식을 전해줍니다.
Of thy fair health, recounting it to me.

이 소식은 기쁜 일이지만 오래가지 않습니다.
This told, I joy; but then, no longer glad,

사자들을 돌려보내면, 슬픔이 되돌아옵니다.
I send them back again and straight grow sad.

## 046

쟁취한 당신을 어떻게 분배하느냐는 문제로
Mine eye and heart are at a mortal war

나의 눈과 마음은 격렬하게 혈투를 벌이고 있습니다.
How to divide the conquest of thy sight.

나의 눈은 마음에게 당신의 초상화를 보여주지 않으려고 합니다.
Mine eye my heart thy picture's sight would bar,

나의 마음은 자유를 바라보는 눈의 권리를 빼앗으려고 합니다.
My heart mine eye the freedom of that right.

마음은, 투명한 눈도 투시 못 하는 밀실인데,
My heart doth plead that thou in him dost lie,

당신이 자신의 내면에 존재한다고 말하고 있습니다.
A closet never pierced with crystal eyes;

눈은 피고로서 그 진술을 부인합니다.
But the defendant doth that plea deny,

당신의 아름다운 모습이 그 속에 있다고 주장합니다.
And says in him thy fair appearance lies.

그 소유권을 심판하기 위해 배심원으로서
To 'cide this title is impanelèd

마음의 시종들인 '사고(思考)' 일행이 선발됩니다.
A quest of thoughts, all tenants to the heart,

이들의 판결로서 시야가 밝은 눈과
And by their verdict is determined

정이 두터운 마음의 지분(持分)이 결정됩니다.
The clear eyes' moiety and the dear heart's part,

　눈이 차지한 것은 당신의 겉모습이요,
　As thus: mine eyes' due is thy outward part

　마음이 차지한 것은 당신의 애정입니다.
　And my heart's right, thy inward love of heart.

## 047

나의 눈과 마음 사이 약정이 이뤄져,
Betwixt mine eye and heart a league is took,

서로 우호적인 관계가 맺어졌어요.
And each doth good turns now into the other.

내 눈이 당신을 보고파 안달하면,
When that mine eye is famished for a look,

마음은 사랑의 한숨으로 메어지지요.
Or heart in love with sighs himself doth smother,

내 눈이 당신의 초상화를 먹이 삼아,
With my love's picture then my eye doth feast

그림으로 그려진 향연에 마음을 초대하네요.
And to the painted banquet bids my heart.

때로는 내 눈이 마음의 초대를 받아,
Another time mine eye is my heart's guest

사모의 정으로 마음은 대접을 받지요.
And in his thoughts of love doth share a part.

그래서 당신의 초상화와 사모의 정 때문에,
So, either by thy picture still with me;

떠나 있어도 당신은 언제나 내 곁에 있어요.
Thyself away are present still with me;

당신은 내 생각 닿지 못한 곳에 갈 수 없으니,
For thou no farther than my thoughts canst move,

나는 내 생각으로, 그 생각은 당신과 함께 있어요.
And I am still with them, and they with thee;

생각이 잠들어도, 내 눈 속에 초상화 있어
Or, if they sleep, thy picture in my sight

내 마음 눈뜨게 하고, 마음과 눈을 기쁘게 하죠.
Awake my heart to heart's and eye's delight.

## 048

여행 갈 때, 나는 조심조심 자물쇠 채우고,
How careful was I, when I took my way,

별수 없는 물건도 안전하게 챙겼지.
Each trifle under truest bars to thrust,

안전한 곳에 두면, 다시 쓸 때까지
That to my use it might unused stay

도둑 손 닿지 않아 무사히 보관할 수 있었지.
From hands of falsehood, in sure wards of trust!

당신과 비교하면 보석은 나에게 별수 없는 물건이지,
But thou, to whom my jewels trifles are,

당신은 최상의 위로지만, 지금은 최대의 슬픔이네.
Most worthy comfort, now my greatest grief,

나의 사랑 당신은 나의 소중한 존재인데,
Thou best of dearest and mine only care,

당신을 속수무책 좀도둑들 손에 놔뒀네.
Art left the prey of every vulgar thief.

당신을 궤(櫃)에 두고 자물쇠 채우지 않았네.
Thee have I not locked up in any chest,

당신이 있다고 느끼지만, 실은 없는 내 마음속,
Save where thou art not, though I feel thou art,

정이 넘치는 내 가슴속 울타리 안에 숨겨뒀네.
Within the gentle closure of my breast,

자유롭게 드나들고 나갈 수 있도록 해놨네.
From whence at pleasure thou mayst come and part;

고가한 보물은 정직한 사람을 도둑으로 만든다니,
And even thence thou wilt be stol'n, I fear;

당신을 도난당할까 봐 나는 근심 걱정 태산이라네.
For truth proves thievish for a prize so dear.

## 049

이윽고 다가오는 그때를 대비해서,
Against that time, if ever that time come,

나의 허물을 보고 당신이 얼굴을 찌푸릴 때,
When I shall see thee frown on my defects,

당신은 사랑의 마지막 청산을 각오하며
When as thy love hath cast his utmost sum,

신중한 생각을 거듭해서 도달하는
Called to that audit by advised respects;

그런 순간이 오면 당신은 모른 척 내 곁을 지나가고
Against that time when thou shalt strangely pass

태양처럼 밝은 눈이건만 내게 인사조차 않는,
And scarcely greet me with that sun thine eye,

전과는 판이하게 식어버린 사랑에 대하여
When love converted from the thing it was,

당신은 덤덤해진 태도를 밝히는 구실을 찾게 된다.
Shall reasons find of settled gravity;

그때를 대비해서 나는 몸을 사리고 지켜야 한다.
Against that time do I ensconce me here

나의 부족한 처지를 알고 깨달아야 한다.
Within the knowledge of mine own desert,

이 손을 들고 선서하고 자신에게 불리한 증언을 하며
And this my hand against myself uprear

당신의 올바른 증언을 옹호해야 한다.
To guard the lawful reasons on thy part.

　당신은 보잘것없는 나를 버리는 권리를 갖고 있다.
　To leave poor me thou hast the strength of laws,

　나를 사랑해야 되는 이유를 당신은 갖고 있지 않다.
　Since why to love I can allege no cause.

## 050

무거운 짐 지고 고달픈 여로를 가네.
How heavy do I journey on the way,

너무나 힘겨웠던 여로 끝에서 나는
When what I seek, my weary travel's end,

휴식과 편안을 얻어도, 그것은 다만
Doth teach that ease and that repose to say

"친구로부터 멀리 왔다"는 느낌뿐이라네.
"Thus far the miles are measured from thy friend."

나를 태운 말(馬)은 나의 비통함에 사무쳐서,
The beast that bears me, tired with my woe,

느린 걸음으로 내 무거운 마음을 안고 간다네.
Plods dully on, to bear that weight in me,

속도를 내면 친구로부터 아주 멀리 간다는 것을,
As if by some instinct the wretch did know

주인은 원치 않는다는 것을 짐승은 알고 있기에.
His rider loved not speed, being made from thee.

때로는 홧김에 박차(拍車)로 말 등에 피를 내도,
The bloody spur cannot provoke him on

짐승은 무겁고 고통스런 신음 소리로 응답할 뿐,
That sometimes anger trusts into his hide,

참고 견디며 느릿느릿 걸음을 옮기네.
Which heavily he answers with a groan,

그 일은 박차보다 더 큰 고통을 나에게 준다네.
More sharp to me than spurring to his side;

그 신음 소리가 나의 기억을 되살리고 있다네.
For that same groan doth put this in my mind;

가는 길은 고통이요, 뒤에 남은 것은 기쁨이라네.
My grief lies onward and my joy behind.

## 051

내가 당신으로부터 멀어질 때, 내 사랑은
Thus can my love excuse the slow offense

느리게 가는 말(馬)의 죄를 용서할 것이다.
Of my dull bearer when from thee I speed:

님으로부터 멀어지는데 왜 서두르느냐?
From where thou art, why should I haste me thence?

돌아올 때까지 급히 달리지 않아도 된다.
Till I return, of posting is no need.

아무리 빨리 달려도 느린 감이 있는 귀로(歸路),
O, what I excuse will my poor beast then find

이 가련한 말이 무슨 변명을 할 수 있는가?
When swift extremity can seem but slow?

그때가 되면 바람 타고 가며 박차를 가하자.
Then should I spur, through mounted on the wind;

날개를 펴고 날아도 움직임을 알 수 없다.
In winged speed no motion shall I know.

그때가 되면 어떤 말(馬)도 내 욕망을 따를 수 없다.
Then can no horse with my desire keep pace;

완벽한 사랑으로 다져진 욕망은 느린 몸뚱이가 아니다.
Therefore desire, of perfecti'st love being made,

불꽃으로 날아가는 힝힝거리는 말(馬)의 울음소리다.
Shall neigh no dull flesh in his fiery race.

나의 애마(愛馬) 사랑은 쇠약한 말을 이렇게 위로할 것이다.
But love for love thus shall excuse my jade:

　"그 사람으로부터 멀어질 때 일부러 천천히 갔으나,
　"Since from thee going he went willful slow,

　그에게 돌아가는 길은 힘껏 달리도록 허락해주마."
　Towards thee I'll run, and give him leave to go."

## 052

운 좋게도 열쇠를 가지면 나는 금고에 둔
So am I as the rich whose blessed key

보물을 가질 수 있는 부자가 될 수 있다.
Can bring him to his sweet up-locked treasure,

부자도 매시간 보물을 살피지 않을 것이다.
The which he will not ev'ry hour survey,

그러면 간혹 보는 재미를 둔화시킨다.
For blunting the fine point of seldom pleasure.

기나긴 세월에 드물게 펼쳐지는
Therefore are feasts so solemn and so rare,

축제는 너무나 장엄하고 중요하다.
Since seldom coming in the long year set,

줄줄이 장식된 돌 가운데 자리한 보석이나
Like stones of worth they thinly placed are,

또는 목걸이 장식에 박힌 큰 보석처럼 말이다.
Or captain jewels in the carcanet.

당신을 사람 눈 닿지 않는 곳에 감추는 시간은
So is the time that keeps you as my chest,

의상을 감춰두는 옷장의 경우와도 같으며,
Or as the wardrobe which the robe doth hide

그곳에 보존된 귀중한 보물을 개방하면
To make some special instant special blessed

특별한 순간은 특별한 축복의 순간이 된다.
By new unfolding his imprisoned pride.

　　다행히도 당신의 보람찬 인생을 환기(喚起)시킨다.
　　Blessed are you whose worthiness gives scope,

　　눈앞에 있으면 환희를, 없으면 재회의 희망을.
　　Being had, to triumph, being lacked, to hope.

## 053

당신의 실체는 무엇인가요, 무엇으로 만들어졌나요.
What is your substance, whereof are you made,

수백만 서로 다른 그림자가 당신을 따르고 있네요.
That millions of strange shadows on you tend?

인간은 누구나 각자 한 가지 그림자를 갖고 있어요.
Since everyone hath, every one, one shade,

그런데, 당신은, 한 사람인데, 무수한 그림자 있네요.
And you, but one can every shadow lend.

비너스가 사랑한 미남 아도니스를 그림으로 그려봐도,
Describe Adonis, and the counterfeit

당신을 조잡하게 그린 가짜 그림에 지나지 않습니다.
Is poorly imitated after you;

트로이 전쟁의 원인이 된 미녀 헬렌을 재현해보면,
On Helen's cheek all art of beauty set,

그리스 의상을 걸친 당신을 멋지게 그려낼 수 있지요.
And you in Grecian tires are painted new.

봄을 이야기하고, 가을의 수확에 관해서 말해본다면;
Speak of the spring and foison of the year;

봄은 당신의 아름다운 모습의 그림자에 지나지 않고,
The one doth shadow of your beauty show,

가을은 당신의 풍성한 은혜의 그림으로 나타나지요.
The other as your bounty doth appear,

우리는 여러 가지 축복받은 모습으로 당신을 봅니다.
And you in every blessed shape we know.

당신은 모든 아름다운 것에 모습이 깃들고 있습니다.
In all external grace you have some part,

당신은 당신일 뿐, 변하지 않는 마음은 당신뿐입니다.
But you like none, none you, for constant heart.

## 054

마음의 진실이 풍기는 아름다운 장식을 달면
O, how much more doth beauty beauteous seem

아아, 아름다움은 얼마나 더 아름답게 보일 것인가!
By that sweet ornament which truth doth give.

장미는 아름답다. 하지만, 장미의 싱그러운 향기가
The rose looks fair, but fairer we it seem

살아나면, 더욱더 아름답게 보일 것이다.
For that sweet odor which doth in it live.

들장미는 향기가 없지만, 깊은 색깔을 보면
The canker blooms have full as deep a dye

향기로운 장미와 별 차이가 없어 보인다.
As the perfumed tincture of the roses,

가시 있는 줄기서 싹이 트면서 여름 바람은
Hang on such thorns, and play as wantonly

꽃봉오리 열고 장미와 희롱하며 놀고 있다.
When summer's breath their masked buds discloses;

들장미의 장점은 보고 즐기는 것뿐이다.
But, for their virtue only is their show,

들장미는 찾는 이도, 돌보는 이도 없이 사라진다.
They live unwooed and unrespected fade,

홀로 죽는다. 아름다운 장미는 그렇지 않다.
Die to themselves. Sweet roses do not so;

향기로운 죽음은 그지없이 향기로운 향수를 만든다.
Of their sweet deaths are sweetest odors made,

아름답고 사랑스런 젊은이여, 그대도 이와 같다.
And so of you, beauteous and lovely youth,

목숨이 멸(滅)해도, 시(詩) 속에 당신의 진실이 남는다.
When that shall vade, by verse distils your truth.

## 055

왕후(王侯)들의 대리석 조각, 금빛 기념비는
Not marble or the gilded monuments

강렬한 시보다 오래 남지 못한다.
Of princes shall outlive this powerful rhyme,

더러운 시간에 오염된 흙먼지 석비(石碑)보다
But you shall shine more bright in these contents

나의 시(詩)로 당신은 더욱 찬란히 빛날 것이다.
Than unswept stone besmeared with sluttish time,

전쟁으로 황폐한 땅에서 수많은 조상(彫像)이 무너지고,
When wasteful war shall statues overturn,

전란의 혼돈 속에서 석조 건물이 송두리째 사라져도,
And broils root out the work of masonry,

당신의 기억이 남은 생생한 시의 기록은
Nor Mars his sword nor war's quick fire shall burn

군신(軍神) 마르스의 검(劍)으로도, 전화(戰火)로도 지울 수 없다.
The living record of your memory.

당신은 죽음에 저항하고, 망각의 적수와 싸우며
'Gainst death and all oblivious enmity

꾸준히 가고 있다. 당신의 영예는
Shall you peace forth; your praise shall still find room

후세 사람들 눈에 비치고 반영되어
Even in the eyes of all posterity

이 세상 끝날 때까지 살아남을 것이다.
That wear this world out to the ending doom.

　　최후의 심판, 당신이 부활하는 날까지,
　　So, till the judgment that yourself arise,

　　시(詩)에 남아, 연인들 눈에 살아 있다.
　　You live in this, and dwell in lovers' eyes.

## 056

달콤한 사랑이여, 그 힘을 불러일으켜라.
Sweet love, renew thy force. Be it not said

너의 칼날이 욕망보다 무디다고 말하지 마라.
Thy edge should blunder be than appetite,

욕망은 하루만으로 충분히 충족되고,
Which but today by feeding is allayed,

내일 다시 갈아서 원래의 힘을 찾는데,
Tomorrow sharpened in his former might.

사랑이여, 너도 그렇게 되어라. 비록 오늘
So, love, be thou. Although today thou fill

굶주린 눈이 충만되어 깜박이다 잠들어도
Thy hungry eyes even till they wink with fullness,

내일 다시 활력에 넘쳐 크게 눈을 떠라.
Tomorrow see again and do not kill

한없이 우둔해져서 사랑의 숨통을 누르지 마라.
The spirit of love with a perpetual dullness.

한동안의 이별이 재회의 바다처럼 되어라.
Let this sad int'rim like te ocean be

약혼한 두 쌍이 갈라진 양쪽 강기슭에 매일 와서
Which parts the shore where two contracted new

양안(兩岸)에 사랑이 다시 돌아온 것을 볼 때,
Come daily to the banks, that, when they see

그 정경이 더욱더 커다란 축복이 되도록 하자.
Return of love, more blessed may be the view.

고난이 가득한 이 시기를 겨울이라 부르자.
Or call it winter, which being full of care

애타게 기다리고 드물게 보는 여름을 환영하자.
Makes summer's welcome, thrice more wished, more rare.

## 057

당신의 노예이기에, 당신이 소망하는 대로
Being your slave, what should I do but tend

시도 때도 없이 저는 당신을 섬기고 있습니다.
Upon the hours and tines of your desire?

당신이 하명하지 않으시면 저는 보낼 시간도
I have no precious time at all to spend

할 일도 전혀 없습니다. 저의 주군이시여,
Nor services to do till you require.

당신을 기다리며 시계를 보는 동안, 저는
Nor dare I chide the world-without-end hour

무한히 시간이 흘러도 나무라지 않습니다.
Whilst I, my sovereign, watch the clock for you,

또한 당신이 저에게 작별을 하고 가셔도
Nor think the bitterness of absence sour

당신의 부재(不在)를 조금도 개탄치 않겠습니다.
When you have bid your servant once adieu.

당신의 소재를 탐색하거나, 무슨 일을 하시는지
Nor dare I question with my jealous thought

시기심으로 캐묻는 일도 하지 않을 것입니다.
Where you may be, or your affairs suppose,

충실한 노예답게, 당신이 어디서 어떻게 주변 사람을
But, like a sad slave, stay and think of nought

행복하게 해주고 있는지 그것만을 상상하고 있겠습니다.
Save where you are how happy you make those.

　　사랑은 진실로 바보 같아서 당신이 원하는 대로,
　　So true a fool is love that in your wlll,

　　무엇을 하든 간에 아무렇지도 않게 생각합니다.
　　Though you do anything, he thinks no ill.

## 058

나를 처음 노예로 만든 신에 걸어서,
That god forbid, that made me first your slave,

당신이 주신 쾌락의 시간을 제한한다거나,
I should in thought control your times of pleasure,

어떻게 써야 할 것인지 따지지는 않겠습니다.
Or at your hand th' account of hours to crave,

하인으로서 당신의 분부를 따라야 하기에,
Being your vassal bound to stay your leisure.

나는 독방에 갇혀 있는 신세지만,
O, let me suffer, being at your beck,

당신이 자유롭게 다녀도 개의치 않았습니다.
Th' imprisoned absence of your liberty,

인내 속에서, 고통을 견디며, 비난을 묵인하고,
And patience, tame to sufferance, bide each check

당신의 부당한 처사에 거스르지 않습니다.
Without accusing you of injury.

당신이 원하는 대로 따를 것입니다.
Be where you list, your charter is so strong

당신 마음대로 하세요, 당신의 특권은 큽니다.
That you yourself may privilege your time

자신의 시간을 마음껏 사용할 수 있고, 자신의 범죄도
To what you will; to you it doth belong

자신이 용서할 수 있는 권한을 당신은 지니고 있습니다.
Yourself to pardon of self-doing crime.

　기다리는 일이 지옥일지라도, 나는 기다립니다.
　I am to wait, though waiting so be hell,

　당신의 기쁨이 선이든 악이든 비난하지 않습니다.
　Not blame your pleasure, be it iil or well.

## 059

태양 아래 새로운 것은 없고, 지금 있는 것은
If there be nothing new, but that which is

과거에도 있었다는 말이 옳다고 한다면,
Hath been before, how are our brains beguiled,

새로운 것이 태어나기 위해, 전에 태어난 아이를
Which, laboring for invention, bear amiss

다시 한번 출산한다면, 우리들의 두뇌는 속고 있다.
The second burden of a former child.

아, 정말이지, 과거를 보는 눈으로 기록을 보면서,
O, that record could with a backward look,

지난 오백 년 전 과거로 거슬러 올라갈 수 있다면,
Even of five hundred courses of the sun,

그리고 사람들이 기록한 고서적에서,
Show me your image in some antique book,

당신의 모습을 찾을 수 있다면,
Since mind at first in character was done,

지금처럼 놀랍게 완성된 인간의 몸에 대해서
That I might see what the old world could say

옛날 사람들은 어떻게 표현했는지 알 수 있고
To this composed wonder of your frame;

우리들이 진보했는지, 그들이 발전했는지,
Whether we are mended, or whe'er better they,

아니면 역사는 같은 일을 반복하고 있는지도 알 수 있다.
Or whether revolution be the same.

과거의 식자(識者)들은 지금보다 열등한 인간을
O, sure I am the wits of former days

찬양했다는 사실을 나는 단정하며 언명할 수 있다.
To subjects worse have given admiring praise.

## 060

자갈이 깔린 해변에 파도가 밀리듯이,
Like as the waves make towards the pebbled shore,

우리들의 시간도 순간마다 종말로 향하고 있다.
So do our minutes hasten to their end,

밀리는 파도는 앞서간 파도와 자리를 바꾸고;
Each changing place with that which goes before;

차례를 다투며 앞을 향해 경쟁하고 있다.
In sequent toil all forwards do contend.

갓 태어난 아기는 빛의 파도 속에 태어나서
Nativity, once in the main of light,

기어가며, 성장하고 어른이 되는데, 정점에 도달하면,
Crawls to maturity, wherewith being crowned,

흉측한 그림자가 영광스런 빛에 도전하고,
Crooked eclipses 'gainst his glory fight,

시간이 주었던 것을 지금은 파괴하려고 한다.
And Time that gave doth now his gift confound.

시간은 청춘의 화려했던 분칠을 꿰뚫고 들어가
Time doth transfix the flourish set on youth

아름다운 이마에 거듭되는 주름을 깔면서,
And delves the parallels in beauty's brow,

완벽했던 자연의 모습을 해치고 있다.
Feeds on the rarities of Nature's truth,

시간이 휘두르는 큰 낫을 피할 길은 없다.
And nothing stands but for his scythe to mow.

그러나 나의 시(詩)는 시간의 잔혹에 대항해서,
And yet to times in hope my verse shall stand,

희망에 넘친 세월을 살아가며 그대를 찬양한다.
Praising thy worth despite his cruel hand.

## 061

그대의 영상이 나의 눈꺼풀을 열게 하면서
Is it thy will they image should keep open

피곤한 밤을 지나는 것은 당신의 의지입니까?
My heavy eyelids to the weary night?

당신을 닮은 환상이 꿈속에서 내 눈을 어지럽히며
Dost thou desire my slumbers should be broken

단잠을 깨도록 만드는 것도 당신의 의지입니까?
While shadows like to thee do mock my sight?

나의 행동을 살피도록 집에서부터 멀리 떨어진
Is it thy spirit that thou send'st from thee

이곳까지 영상을 보낸 것은 당신의 영혼입니까?
So far from home into my deeds to pry,

한가한 시간에 저지른 나의 치부(恥部)를 찾고
To find out shames and idle hours in me,

들추는 것이 의심 많은 당신의 목적입니까?
The scope and tenor of thy jealousy?

아니죠. 당신의 사랑은 풍성하지만 깊지는 않습니다.
O, no. Thy love, though much, is not so great.

내 눈을 뜨도록 만드는 것은 나의 사랑입니다.
It is my love that keeps mine eye awake,

단잠을 깨고 당신을 위한 나의 야경(夜警)은
Mine own true love that doth my rest defeat

변함없는 나의 진실한 사랑 때문입니다.
To play the watchman ever for thy sake.

　멀리 떨어진 곳에서 당신이 다른 사람과 있기 때문에
　For thee watch I whilst thou dost wake elsewhere

　당신이 깨어 있을 때, 나는 당신 때문에 깨어 있습니다.
　From me far off, with others all too near.

## 062

자기 사랑이란 죄목이 나의 눈, 나의 영혼
Sin of self-love possesseth all mine eye

나의 몸 구석구석에 자리 잡고 떠나지 않는다.
And all my soul, and all my every part;

이 죄에 대해서는 아무런 치료법도 없다.
And for this sin there is no remedy,

내 마음 깊숙이 그 죄는 뿌리내리고 있다.
It is so grounded inward in my heart.

내가 보기에 그 죄는 너무나 우아한 얼굴이다.
Methinks no face so gracious is as mine,

너무나 단정한 모습이요, 그지없이 진정한 몸매이다.
No shape so true, no truth of such account,

모든 가치 있는 사람들 중에서도
And for myself mine own worth do define

나의 가치를 뛰어넘는 자는 하나도 없다.
As I all other in all worths surmount.

그러나 나를 비추는 진실한 거울에 떠오른 것은
But when my glass shows me myself indeed

뭉크러지고, 갈라진 황갈색 피부, 노년의 쇠잔이다.
Beated and chopped with tanned antiquity,

나의 자기 사랑은 사실상 전혀 다른 것이었다.
Mine own self-love quite contrary I read;

이런 자기 사랑은 지극히 죄스러운 일이 된다.
Self so self-loving were iniquity.

내가 칭찬하는 나는 사실상 당신이다.
'Tis thee, myself, that for myself I praise,

아름다운 당신의 청춘으로 내 노령을 장식하고 있다.
Painting my age with beauty of thy days.

## 063

지금의 나처럼, 나의 애인이
Against my love shall be, as I am now,

시간의 혹독한 손에 뭉개지고 갈기갈기 찢길 때;
With Time's injurious hand crushed and o'erworn;

시간이 흘러 피가 마르고, 그의 이마에 주름살을
When hours have drained his blood and filled his brow

깊게 파놓을 때, 젊음의 아침이 노년의 밤으로
With lines and wrinkles; when his youthful morn

가파르고 험준한 여로를 끝낼 때,
Hath revealed on to age's steepy night,

왕이 되어 다스리던 모든 미인들은
And all those beauties whereof now he's king

지금 눈앞에서 사라졌거나, 사라져가고 있을 때,
Are vanishing, or vanished out of sight,

청춘의 보물은 유실되고 사라지고 있는데,
Stealing away the treasure of his spring;

시간의 잔인한 칼이 노령의 파멸을 재촉하지 않도록,
For such a time do I now fortify

나의 연인의 목숨이 무참하게 잘리지 않도록,
Against confounding age's cruel knife,

아름다운 연인에 대한 나의 기억이 소멸되지 않도록,
That he shall never cut from memory

나는 철저히 대비하고 있어야 한다.
My sweet love's beauty, though my lover's life.

그의 아름다움은 검은 잉크 문자 속에서 볼 수 있다.
His beauty shall in these black lines be seen

그 시 속에서 영원한 청춘으로 남아 살아 있을 것이다.
And they shall live, and he in them still green.

## 064

옛날 호화찬란한 시대의 유적을
When I have seen by Time's fell hand defaced

잔혹한 시간의 손이 파괴하고;
The rich proud cost of outworn buried age;

한때 높이 솟았던 탑을 무너뜨리며,
When sometime lofty towers I see down-razed

불굴의 청동이 인간의 분노로 마멸되고,
And brass eternal slave to mortal rage;

굶주린 대양(大洋)이 대륙의 왕국을 침식하거나,
When I have seen the hungry ocean gain

굳은 대지가 바다를 집어삼키며,
Advantage on the kingdom of the shore,

한쪽을 잃고, 다른 쪽이 늘거나,
And the firm soil win of the wat'ry main,

한쪽이 늘면 다른 쪽을 잃게 되는 그런 역전(逆轉)을 보고;
Increasing store with loss and loss with store;

세상만사 모든 것이 유전(流傳)하고, 변하며,
When I have seen such interchange of state,

영화의 극치가 나락으로 치닫는,
Or state itself confounded to decay,

이 모든 변화는 나에게 한 가지 생각을 부여했다.
Ruin hath taught me thus to ruminate,

때가 되면 내 곁에서 애인은 사라질 것이다.
That Time will come and take my love away.

이런 생각은 죽음과 같았다. 친근한 것의 상실은
This thought is as a death, which cannot choose

잃어버리는 두려움으로 눈물을 흘리는 수밖에 방법이 없다.
But weep to have that which it fears to lose.

## 065

놋쇠, 돌, 대지, 끝없는 바다, 이 모든 것도
Since brass, nor stone, nor earth, nor boundless sea

결국은 파멸을 부르는 죽음이 지배합니다.
But sad mortality o'ersways their power,

꽃 한 포기 힘밖에 없는 아름다움이,
How with this rage shall beauty hold a plea,

어떻게 성난 죽음을 상대로 소송을 일으킬 수 있습니까?
Whose action is no stronger than a flower?

꿈쩍도 않는 바위산과 강철로 된 성문이
O, how shall summer's honey breath hold out

시간을 이기는 힘은 없다지만,
Against the wrackful siege of batt'ring days,

여름날 달콤한 입김만으로 어떻게
When rocks impregnable are not so stout

시간의 파괴를 이겨낼 수 있습니까?
Nor gates of steel so strong, but Time decays?

아아, 생각만 해도 무서운 일입니다! 어떻게 하면,
O, fearful meditation! Where, alack,

시간의 보석을 시간 상자에 숨겨두지 않을 수 있습니까?
Shall Time's best jewel from Time's chest lie hid?

어떤 힘찬 손길이 시간의 빠른 걸음을 멈추게 할 수 있습니까?
Or what strong hand can hold his swift foot back,

어느 누가 아름다움을 파멸하는 시간의 횡포를 막을 수 있습니까?
Or who his spoil of beauty can forbid?

　단 한 가지뿐입니다. 나의 애인은 검은 잉크 문자 속에서,
　O, none, unless this miracle have might,

　영원히 빛나는 사랑의 기적을 힘으로 발휘할 수 있습니다.
　That in black ink my love may still shine bright.

## 066

모든 일에 질려서 나는 편히 죽고 싶다.
Tired with all these, for restful death I cry:

예컨대 고귀한 사람이 거지로 태어나고,
As, to behold desert a beggar born,

무의미한 것이 허황되게 꾸며지며,
And needy nothing trimmed in jollity,

순결한 마음이 무참히 유린되고,
And purest faith unhappily forsworn,

금빛 영예가 엉뚱한 사람에 수여되며,
And gilded honor shamefully misplaced.

순수한 미덕이 난폭하게 짓밟히고,
And maiden virtue rudely strumpeted,

정당한 완결이 부당하게 손상되며,
And right perfection wrongfully disgraced,

무능한 권력이 올바른 힘을 빼앗고,
And strength by limping sway disabled,

학식은 세상 권력에 숨통이 막히면서,
And art made tongue-tied by authority,

지식은 거짓 학자들 손에 넘어가고,
And folly, doctor-like, controlling skill,

간단한 진실도 무식하다 공박당하며,
And simple truth miscalled simplicity,

유폐된 선은 악의 횡포로 노예 신세인데,
And captive good attending captain ill.

이 모든 일에 질려서 나는 편히 죽고 싶다.
Tired with all these, from these would I be gone,

다만, 내가 죽어 나의 애인 홀로 남아 괴롭다.
Save that, to die, I leave my love alone.

## 067

아아, 어째서 그는 세상 치욕을 감내하고 살면서,
Ah, wherefore with infection should he live,

자신의 은덕으로 그 편에 영광을 베풀고 있는가.
And with his presence grace impiety,

그 때문에 그 편의 죄악도 그의 은총으로,
That sin by him advantage should achieve

그와의 교제로, 그 편은 화려하게 장식되었네.
And lace itself with his society?

어째서 거짓 화장이 그의 뺨을 모조(模造)하고,
Why should false painting imitate his cheek

생동감 넘치는 그의 얼굴에서 죽음의 형상을 훔치는가?
And steal dead seeing of his living hue?

어째서 열등한 아름다움이 그의 장미를 진품이라 여기면서,
Why should poor beauty indirectly seek

조잡하게 만든 엉터리 장미를 힘겹게 구하고 있는가?
Roses of shadow since his rose is true?

자연의 신이 파산해서 붉은 피가 혈관에서 흘러
Why should he live, now Nature bankrout is,

빈혈인데, 어째서 그는 아직도 살아남아야 하는가.
Beggared of blood to blush through lively veins,

자연은 풍성한 미(美)의 재화(財貨)를 자랑하고 있지만,
For she hath no exchequer now but his,

그것은 오로지 그의 재산에 의존하고 있을 뿐이다.
And, proud of many, lives upon his gains?

   자연이 그를 살려두는 것은 먼 옛날 갖고 있던
   O, him she stores to show what wealth she had

   자신의 재물을 오늘의 악독한 시대에 보여주기 위해서다.
   In days long since, before these last so bad.

## 068

그의 뺨은 사라진 시대의 축도(縮圖)이다.
**Thus is his cheek the map of days outworn,**

그 당시 미(美)는 꽃처럼 살다가 꽃처럼 죽는 일이었다.
**When beauty lived and died as flowers do now,**

그전에는 이런 미의 모조품이 생겨나지 않았고,
**Before these bastard signs of fair were borne,**

살아 있는 사람들 뺨에 찰싹 붙어 있지도 않았다.
**Or durst inhabit on a living brow;**

죽은 사람의 금빛 머리카락은 그대로
**Before the golden tresses of the dead,**

분묘 속에 안장되고, 지금처럼 잘려나가
**The right of sepulchers, were shorn away**

두 번째 머리서 두 번째 삶을 살아가는 일이 없었다.
**To live a second life on second head,**

사자(死者)의 아름다운 머리칼은 타인의 가발이 되지 않았다.
**Ere beauty's dead fleece made another gay,**

그 사람을 보면 오염되지 않았던 거룩한 옛 시대가 보인다.
**In him those holy antique hours are seen,**

아무런 허식도 없이, 그 자체로도 진실했던,
**Without all ornament, itself and true,**

타인의 젊음으로 위장된 여름을 만들지 않았던, 그 시대는
**Making no summer of another's green,**

옛것을 훔쳐 새로운 아름다움을 가장하는 그런 시대가 아니었다.
**Robbing no old to dress his beauty new.**

　자연의 여신이 그를 살려두는 것은 한 가지 축도로서,
　**And him as for a map doth Nature store,**

　고대의 미는 무엇인가를 거짓 예술에 보여주기 위해서다.
　**To show false art what beauty was of yore.**

## 069

세상에서 바라보는 당신의 모습은
Those parts of thee that the world's eye doth view

더 이상 나아질 것이 없을 정도로 완벽합니다.
Want nothing that the thought of hearts can mend.

모든 혀끝, 영혼의 소리가 그렇게 칭찬하고 있으니,
All tongues, the voice of souls, give thee that due,

적수(敵手)들도 어렵사리 그렇게 말하고 있겠지요.
Utt'ring bare truth, even so as foes commend,

겉으로 하는 칭찬은 겉모습만 요란하게 분칠합니다.
Thy outward thus with outward praise is crowned,

당신에게 던지는 똑같은 그 혀를
But those same tongues that give thee so thine own

눈으로 볼 때보다 더 깊게 바라보면
In other accent do this praise confound

말머리 돌려 칭찬을 번복합니다.
By seeing farther than the eye hath shown.

그들은 당신의 마음, 그 아름다움을 보려고 합니다.
They look into the beauty of thy mind,

그런데, 짐작컨대, 당신의 행위로만 평가하네요.
And that, in guess, they measure by thy deeds;

눈은 유순한데, 생각이 엉큼해서
Then churls, their thoughts, although their eyes were kind,

당신의 아름다운 꽃향기에 잡초의 더러운 악취가 추가됩니다.
To thy fair flower add the rank smell of weeds.

어째서 당신의 향기는 그 모습에 어울리지 않습니까.
But why thy odor matcheth not thy show,

그것은, 별 볼 일 없는 땅에서 자라기 때문입니다.
The soil is this, that thou dost common grow.

## 070

당신에 대한 비난은 당신의 결함 때문이 아닙니다.
That thou art blamed shall not be thy defect,

아름다운 사람은 언제나 중상의 표적이 됩니다.
For slander's mark was ever yet the fair.

미인을 아름답게 장식하는 것은 의혹입니다.
The ornament of beauty is suspect,

아름다운 하늘을 날아가는 까마귀처럼 말입니다.
A crow that flies in heaven's sweetest air.

당신이 흠이 없으면, 중상은 시대의 총아인
So thou be good, slander doth but approve

당신의 가치를 더욱 높일 뿐입니다.
Thy worth the greater being wooed of time,

악덕이라는 해충은 달콤한 향기를 뿜는 꽃을 좋아합니다.
For canker vice the sweetest buds doth love,

당신은 맑고 청순한 청춘의 모습을 보여줍니다.
And thou present'st a pure unstainèd prime.

당신은 젊은 날 복병의 시련을 겪었습니다.
Thou hast passed by the ambush of young days,

공격을 받기도 했지만, 받아도 승리를 거두었지요.
Either not assailed, or victor being charged;

칭찬을 받았지만, 칭찬으로 시기심을 묶어두는
Yet this thy praise cannot be so thy praise

힘이 되지 못하고, 악독한 힘은 더욱 확산되었지요.
To tie up envy, evermore enlarged.

악의 힘이 당신의 아름다움을 지우지 못하면,
If some suspect of ill masked not thy show,

당신은 홀로라도 마음의 왕국을 지배할 수 있습니다.
Then thou alone kingdoms of hearts shouldst owe.

## 071

내가 죽어도 너무 슬퍼하지 마세요.
No longer mourn for me when I am dead

이 더러운 세상 떠나 벌레 사는 저세상으로
Than you shall hear the surly sullen bell

갔다고 세상에 경고하는 음산하고 엄숙한
Give warning to the world that I am fled

조종(弔鐘)의 소리가 울려 퍼지는
From this vile world with vilest worms to dwell.

그때까지 슬픔을 거두세요. 그래요,
Nay, if you read this line, remember not

당신이 이 시를 읽으면, 이 시를 쓴 시인을 잊으세요.
The hand that writ it, for love you so

나는 당신을 너무 사랑했기 때문에,
That I in your sweet thoughts would be forgot,

나를 사모하며 당신이 슬퍼하는 일을 견딜 수 없어요.
If thinking on me then should make you woe.

그러니 잊어주세요. 당신이 이 시를 읽을 때,
O, if, I say, you look upon this verse

나는 아마도 흙 속에 있을 텐데,
When I, perhaps, compounded am with clay,

내 이름을 부르지 마세요.
Do not so much as my poor name rehearse

당신의 사랑은 내 일생과 함께 끝내야 합니다.
But let your love even with my life decay,

영악한 세상이 당신의 비탄을 알게 되어,
Lest the wise world should look into your moan

나의 죽음으로 당신이 비웃음 받으면 안 됩니다.
And mock you with me after I am gone.

## 072

나에게 어떤 장점이 있어서 당신이 나를 사랑하는지,
O, lest the world should task you to recite

사람들이 이유를 말하라고 강요하는 일이 없도록
What merit lived in me that you should love,

내가 죽으면, 사랑하는 당신이여, 나를 잊어주세요.
After my death, dear love, forget me quite,

나는 아무런 가치도 없는 인간입니다.
For you in me can nothing worthy prove;

당신이 혹시나 선의의 거짓말을 만들어내어,
Unless you would devise some virtuous lie,

인색한 진실이 기뻐하는 것 이상으로
To do more for me than mine own desert,

죽은 나를 훌륭한 사람으로 평가하게 되면,
And hang more praise upon deceased I

사랑 때문에 나를 거짓말로 칭찬하는 것이 되어,
Than niggard truth would willingly impart.

당신의 진실한 사랑도 거짓이 됩니다.
O, lest your true love may seem false in this,

나와 당신에게 불명예가 되지 않도록,
That you for love speak well of me untrue,

나의 이름을 시신과 함께 묻어주세요.
My name be buried where my body is

사후에 나와 당신에게 치욕이 되지 않도록 하세요.
And live no more to shame nor me nor you.

내가 쓴 글 때문에 나는 부끄러워합니다.
For I am shamed by that which I bring forth,

별 볼 일 없는 사람을 사랑하면, 당신도 그렇게 됩니다.
And so should you, to love things nothing worth.

## 073

당신이 나를 본 것은 일 년 중 그런 계절입니다.
That time of year thou mayst in me behold

바람에 떨리는 가지에 매달린 누런 나뭇잎이
When yellow leaves, or none, or few, do hang

약간 남아 있었던가, 아니면, 남지 않았던 때,
Upon those boughs which shake against the cold,

얼마 전까지 참새들 성가대 자리 잡던 곳, 지금은 폐허가 된 자리,
Bare ruined choirs where late the sweet birds sang.

계절은 만추(晚秋)였습니다. 당신이 나를 본 것은 하루 가운데,
In me thou see'st the twilight of such day

날은 저물고, 서쪽 하늘에 희미하게 남은 햇빛도
As after sunset fadeth in the west,

죽음의 분신인 밤의 장막에 갇혀,
Which by and by black night doth take away,

모든 것을 잠 속에 가두는 황혼이었습니다.
Death's second self, that seals up all in rest.

당신이 나의 모습에서 본 것은 불꽃같은 생명의 반짝임.
In me thou see'st the glowing of such fire

마지막 숨을 넘기는 죽음의 잠자리에서 볼 수 있는 것,
That on the ashes of his youth doth lie,

나의 청춘의 잿더미 속에서 나를 살려낸 연료(燃料)와 함께
As the death-bed whereon it must expire,

사라져 가는 최후의 빛, 그것이었습니다.
Consumed with that which it was nourished by.

그것을 보고 당신의 사랑은 더욱더 강해지고,
This thou perceiv'st, which makes thy love more strong,

당신은 작별을 깊이 사랑하게 되었습니다.
To love that well which thou must leave ere long.

## 074

죽음이 나를 체포해서, 보석(保釋)을 허락지 않더라도
But be contented when that fell arrest

제발 편안한 마음 가지시기 바랍니다.
Without all bail shall carry me away,

나의 목숨이 투자되어 어느 정도 이자를 얻게 되는
My life hath in this line some interest,

이 시(詩)는 기념품으로 당신에게 주어집니다.
Which for memorial still with thee shall stay,

이 시를 읽어주시면 그때마다 당신은
When thou reviewest this, thou dost review

이 시가 당신에게 헌정된 것을 알게 됩니다.
The very part was consecrate to thee.

토지가 받는 것은 그가 차지하는 흙입니다.
The earth can have but earth, which is his due;

나의 최상의 부분, 나의 정신은 당신 것입니다.
My spirit is thine, the better part of me.

당신이 잃는 것은 생명의 쓰레기입니다.
So then thu hast but lost the dregs of life,

내가 죽으면 나는 벌레의 밥입니다.
The prey of worms, my body being dead,

비열한 죽음의 칼날에 굴(屈)하는 겁쟁입니다.
The coward conquest of a wretch's knife,

당신 기억에 남길 수 없는 너무나 미미한 존재입니다.
Too base of thee to be remembered.

육체의 가치는 그 속에 품고 있는 정신입니다.
The worth of that is that which it contains,

나의 정신은 시가 되어 당신과 함께 있습니다.
And that is this, and this with thee remains.

## 075

음식이 목숨을 지탱하듯이 당신은 나를 키우는 사상입니다.
So are you to my thought as food to life,

당신은 깡마른 대지에 쏟아지는 은혜로운 빗줄기입니다.
Or as sweet-seasoned sowers are to the ground;

당신이 베푸는 평화를 위해 내가 싸우는 것은
And for the peace of you I hold such strife

수전노가 재산 놓고 싸우는 전쟁 같습니다.
As 'twixt a miser and his wealth is found:

지금은 부자입네 자랑하지만, 어느새,
Now proud as an enjoyer, and anon

재산 빼앗길까 두려워하는 노령이 되었습니다.
Doubting the filching age will steal his treasure;

당신과 단둘이 있겠다고 소원하면서, 때로는
Now counting best to be with you alone,

나의 기쁨인 당신을 세상에 내놓고 싶어집니다.
Then bettered that the world may see my pleasure.

당신을 보고 또 보며 만끽하다가,
Sometime all full with feasting on your sight,

어느새 질려서 곁눈질로 달랩니다.
And by and by clean starved for a look;

내가 얻은 것은 모두 당신으로부터 온 것인데,
Possessing or pursuing no delight

소유도 추구도 지금은 아무런 기쁨이 아닙니다.
Save what is had or must from you be took.

　　그래서 나는 매일 굶주렸다가 만복(滿腹)이요,
　　Thus do I pine and surfeit day by day,

　　탐식(貪食)하다가도 결식(缺食)으로 바뀝니다.
　　Or gluttoning on all, or all away.

## 076

왜 나의 시(詩)는 새롭고 화려한 수식(修飾)도 없이,
Why is my verse so barren of new pride,

다양성과 변화에 눈이 멀고 있는가?
So far from variation or quick change?

왜 나는 유행을 좇아 시대의 첨단적인
Why with the time do I not glance aside

기법이나 복합어에 신경을 쓰지 않고 있는가?
To new-found methods and to compounds strange?

왜 나는 항상 같은 주제로 시를 쓰며,
Why write I still all one, ever the same,

언제나 한 가지 발상만을 고집하고 있는 걸까?
And keep invention in a noted weed,

지금처럼 쓰면 나의 언어는 나의 탄생과 성장을 밝히고
That every word doth almost tell my name,

내 이름을 알리고 있는 것이 아닌가?
Showing their birth and where they did proceed?

아아, 사랑하는 님이여, 나의 시는 항상 당신에 관한 것,
O, know, sweet love, I always write of you,

당신과 나의 사랑은 변함없는 내 시의 주제입니다.
And you and love are still my argument;

나는 최선을 다해 옛 언어에 새 옷을 입힙니다.
So all my best is dressing old words new,

그래서 이미 사용한 언어를 다시 쓸 수 있습니다.
Spending again what is already spent.

태양이 옛 것이지만 나날이 새로운 빛을 내듯이,
For as the sun is daily new and old,

나의 사랑도 과거에 한 말을 다시 사용하고 있습니다.
So is my love, still telling what is told.

## 077

이 거울은 당신의 미모가 쇠잔(衰殘)하는 것을 보여줍니다.
Thy glass will show thee how thy beauties wear,

해시계 눈금판은 귀중한 시간의 낭비를 보여줍니다.
Thy dial how thy precious minutes waste;

이 백지에 당신의 마음을 기록해두면,
The vacant leaves thy mind's imprint will bear,

그 수첩에서 당신은 교훈을 얻습니다.
And of this book this learning mayst thou taste;

거울에 비치고 있는 당신의 모습대로 얼굴의 주름살은,
The wrinkles which thy glass will truly show,

입을 크게 벌린 묘지를 연상시킵니다.
Of mouthed gaves will give thee memory;

해시계 눈에 보이지 않는 미세한 그림자의 움직임은
Thou by thy dial's shady stealth mayst know

영원으로 향하는 시간의 은밀한 걸음을 알려줍니다.
Time's thievish progress to eternity.

당신의 기억이 확보하지 못하는 것이면 무엇이나
Look what thy memory cannot contain

이 공백의 지면에 적어두면 좋을 것입니다.
Commit to these waste blanks, and thou shalt find

그러면 당신의 머리에서 탄생하고 길러진 사상의 어린이는
Those children nursed, delivered from they brain,

여기서 당신의 마음과 다시 만날 것입니다.
To take a new acquaintance of thy mind.

　해시계와 그 교훈을 당신이 접할 때마다
　These offices, so oft as thou wilt look,

　당신은 이득을 얻고, 수첩은 더욱 풍성해집니다.
　Shall profit thee and much enrich thy book.

## 078

때때로 나는 당신을 뮤즈로 섬기면서
So oft have I invoked thee for my muse

시를 쓰는 일에 큰 도움을 받아왔습니다.
And found such fair assistance in my verse

이 때문에 다른 시인들도 나를 모방해서
As every alien pen hath got my use

당신을 시의 여신으로 숭상하며 시를 쓰고 있습니다.
And under thee their poesy disperse.

벙어리 같던 나에게 우렁차게 노래하도록 인도하시고,
Thine eyes, that taught the dumb on high to sing

무지한 나에게 하늘로 날아가는 법을 가르친
And heavy ignorance aloft to fly.

당신의 눈은 학식 높은 시인의 나래에 깃을 주시고,
Have added feathers to the learned's wing

우아한 아름다움에 더하여 장엄을 주었습니다.
And given grace a double majesty.

그러니, 나의 작품을 최고의 영예로 만들어주세요.
Yet be most proud of that which I compile,

당신으로부터 생명을 얻어 탄생되었기 때문입니다.
Whose influence is thine and born of thee.

다른 시인에 대해서 당신은 문체를 고쳐줄 뿐이었지요.
In others' works thou dost but mend the style,

학식은 당신의 우아한 미(美)를 장식으로만 이용했습니다.
And arts with thy sweet graces graced be.

하지만 당신의 학예(學藝)는 나의 학예의 전부이며,
But thou art all my art and dost advance

나의 저급한 무식을 고급스런 학식의 높이로 끌어주었습니다.
As high as learning my rude ignorance.

## 079

나 홀로 당신의 도움을 청하며 기도하고 있을 동안,
Whilst I alone did call upon thy aid,

나의 시는 당신의 아름다운 은혜를 입고 있었습니다.
My verse alone had all thy gentle grace;

하지만 지금, 나의 아름다운 시는 그 은혜를 잃고 썩었습니다.
But now my gracious numbers are decayed,

나의 병든 뮤즈는 다른 시인에게로 그 자리를 옮겼습니다.
And my sick muse doth give another place,

사랑하는 님이여, 당신의 아름다움을 노래하기 위해서는
I grant, sweet love, thy lovely argument

나보다 훨씬 우수한 다른 시인의 펜이 필요합니다.
Deserves the travail of a worthier pen;

그러나 그 시인이 당신에 관해서 시를 썼다 하더라도,
Yet what of thee thy poet doth invent

그것은 당신으로부터 빼앗은 것을 다시 돌려주는 일입니다.
He robs thee of and pays it thee again.

그가 당신에게 미덕을 빌려줘도, 그것은 당신의 행동에서 훔친 것이죠.
He lends thee virtue, and he stole that word

그가 당신에게 아름다움을 헌정해도,
From thy behavior; beauty doth he give

그것은 당신의 뺨에서 이미 본 것입니다.
And found it in thy cheek. He can afford

그가 당신을 찬양해도, 그것은 당신 속에 이미 살아 있는 것입니다.
No praise to thee but what in thee doth say,

그러니 그가 무어라 말해도 감사할 필요는 없습니다.
Then thank him not for that which he doth say

그가 지불하는 것은 당신이 자신에게 지불한 것이기 때문입니다.
Since what he owes thee thou thyself dost pay.

## 080

당신에 관해서 시를 쓰려면 나는 심장이 멎는 듯합니다.
O, how I faint when I of you do write,

나보다 우수한 시인이 당신의 이름을 걸고 온 힘을 다해
Knowing a better spirit doth use your name,

당신을 찬양하고 있는 것을 알고 있기 때문입니다.
And in the praise thereof spends all his might,

당신의 명성을 말하려고 하면, 나의 혀는 굳어집니다.
To make me tongue-tied speaking of your fame.

당신의 자비로운 마음은 바다처럼 그지없이 광대합니다.
But since your worth, wide as the ocean is,

그 바다에는 화려한 범선도 초라한 배도 함께 떠 있습니다.
The humble as the proudest sail doth bear,

나의 주제넘은 작은 배는 범선보다 못하지만,
My saucy bark, inferior far to his,

당신의 광활한 바다에 끈질기게 나타납니다.
On your broad main doth willfully appear.

당신의 얕은 물길이 도움을 줘서 떠 있기는 하지만,
Your shallowest help will hold me up afloat

범선은 한없이 깊은 바다를 시원스레 달리고 있습니다.
Whilst he upon your soundless deep doth ride,

나의 배는 난파해도, 보잘것없는 쪽배지만,
Or, being wracked, I am a worthless boat,

그의 범선은 호화찬란하게 장식된 단단한 큰 배입니다.
He of tall building and of goodly pride.

　그의 번영과, 나의 쇠퇴는 당연한 일입니다.
　Then, if he thrive and I be cast away,

　최악의 일은 나의 사랑이 나의 파멸이라는 것입니다.
　The worst was this: my love was my decay.

## 081

내가 살아남아서 당신의 묘비명을 쓰게 되더라도,
Or I shall live your epitaph to make

내가 땅속에 묻혀 있는 동안 당신이 살아남아 있어도,
Or you survive when I in earth am rotten.

비록 내 안의 모든 부분이 잊힌다 하더라도,
From hence your memory death cannot take,

죽음은 당신에 관한 추억을 지울 수 없습니다.
Although in me each part will be forgotten.

나는 죽어서 이 세상에서 지워지고 사라지지만,
Your name from hence immortal life shall have,

당신의 목숨은 멸하지 않고 영원히 살아남습니다.
Though I, once gone, to all the world must die,

나는 이 땅에서 눈에 띄지 않는 묘지를 얻지만,
The earth can yield me but a common grave,

당신은 수많은 사람들이 보는 가운데 매장되고,
When you entombed in men's eyes shall lie.

나의 아름다운 시는 당신의 기념비가 됩니다.
Your monument shall be my gentle verse,

지금 세상에 살고 있는 모든 사람들이 죽은 후에도;
Which eyes not yet created shall o'erread;

아직 태어나지 않는 숱한 사람들 눈이 읽게 되며,
And tongues to be your being shall rehearse

아직 태어나지 않는 숱한 사람들 혀가 말을 합니다.
When all the breathers of this world are dead.

당신은 나의 시의 힘으로 영원히 살아남습니다.
You still shall live — such virtue hath my pen —

목숨의 숨결이 끈질긴 사람들 혀끝에서.
Where breath most breathless, even in the mouths of men.

## 082

당신은 나의 시(詩)와 결혼하지 않았으니,
I grant thou wert not married to my muse,

다른 시인이 아름다운 당신을 주제로 시를 써서
And therefore mayst without attaint o'erlook

당신에게 바치면 당신은 읽고 그 시집에 축복을 주게 되는데,
The dedicated words which writers use

그러더라도 그 일은 불륜이 아닙니다.
Of their fair subject, blessing very book.

당신은 용모도 뛰어나고, 지식도 풍부해서,
Thou art as fair in knowledge as in hue,

당신의 가치는 나의 찬사를 뛰어넘는 것이고,
Finding thy worth a limit past my praise,

나날이 발전하는 시대에
And therefore art enforced to seek anew

당신이 새로운 문체의 시를 찾는 일은 지당합니다.
Some fresher stamp of the time-bettering days.

연인이여, 그렇게 하세요. 하지만,
And do so, love; yet when they have devised

그들이 능숙한 수사법을 써도,
What strained touches rhetoric can lend,

진실로 아름다운 당신이여, 당신은 진정한 시인의 친구들이 사용한
Thou, truly fair, wert truly sympathized

단순하고 소박한 언어에서 진실을 발견하게 될 것입니다.
In true plain words by thy true-telling friend.

그들의 지나친 화장은 푸석하고 핏기 없는 얼굴에 유용할 뿐,
And their gross painting might be better used

당신의 화사한 얼굴에는 아닙니다.
Where cheeks need blood; in thee it is abused.

## 083

당신이 화장을 원하지 않았기 때문에,
I never saw that you did painting need

나는 당신의 아름다움에 덧칠을 하지 않았습니다.
And therefore to your fair no painting set.

나는 알았습니다. 아니, 알았다고 생각했습니다.
I found or thought I found, you did exceed

시인이 은혜의 대가로 당신에게 찬사를 보내더라도
The barren tender of a poet's debt.

당신은 그것을 초월하고 있다는 것을 말입니다.
And therefore have I slept in your report,

그래서, 나는 당신을 찬양하는 시를 쓰지 않았습니다.
That you yourself, being extant, well might show

당신은 요즘 세상 살면서 알고 있지요,
How far a modern quill doth come too short,

시인의 펜이, 사람들 자질을 말하는 재능이 얼마나 부족한지 말입니다.
Speaking of worth, what worth in you doth grow.

나의 침묵을 당신은 죄악이라고 나무라지만,
This silence for my sin you did impute,

입을 다물고 있는 것이 나의 최상의 영예입니다.
Which shall be most my glory, being dumb,

침묵은 아름다움을 더럽히지 않기 때문입니다.
For I impair not beauty, being mute,

다른 시인은 생명을 주는 듯하지만 실은 묘(墓)를 세웁니다.
When others would give life and bring a tomb.

　　두 사람의 시인이 풀어내는 칭찬을 초월하는
　　There lives more life on one of your fair eyes

　　생명의 힘이 당신의 한눈에 넘쳐 있습니다.
　　Than both your poets can in praise devise.

## 084

당신을 최고로 찬양하는 사람이 누구이든, 무엇이든
Who is it that says most, which can say more

당신은 당신일 뿐이라는 찬사 이상은 없습니다.
Than this rich praise, that you alone are you,

당신 같은 품종이 어디서 자라고 있는지 확인하려면
In whose confine immured is the store

당신의 울타리서 자란 당신의 실례(實例)를 보면 됩니다.
Which should example where your equal grew?

궁핍한 펜으로는 시의 주제가 무엇이든
Lean penury within that pen doth dwell

제대로 쓸 수 없기 때문에 영광스런 업적을 기약할 수 없습니다.
That to his subject lends not some small glory,

하지만 당신에 관해서 시를 쓰는 사람은, 당신의 진상을
But he that writes of you if he can tell

잘만 쓰게 되면, 그의 주제에 존엄이 주어집니다.
That you are you so dignifies his story.

시인은 당신 속에 기록된 것을 그대로 베끼면 됩니다.
Let him but copy what in you is writ,

자연이 밝혀 놓은 것을 애써 더럽히지 않으면 됩니다.
Not making worse what nature made so clear,

그렇게 모사(模寫)만 해도 시인의 재능은 알려지고,
And such a counterpart shall fame his wit,

그 문체는 세상 곳곳에서 높은 평가를 받습니다.
Making is style admired everywhere.

  칭찬에 함몰되면, 아름다움에 저주가 내려
  You to your beauteous blessings add a curse,

  당신의 타고난 미(美)의 축복이 사정없이 더럽혀집니다.
  Being fond on praise which makes your praises worse.

## 085

나의 시혼(詩魂)은 입을 다물고 있습니다.
**My tongue-tied muse in manners holds her still**

그럼에도 당신을 찬양하는 시는
**While comments of your praise, richly compiled,**

황금의 펜으로 다채롭게 작성되고 있습니다.
**Reserve their character with golden quill**

총동원된 시인들은 화려한 언어로 당신을 찬양하는 시를 발표합니다.
**And precious phrase by all the muses filed.**

다른 시인이 시를 쓸 때, 나는 사색에 빠집니다.
**I think good thoughts whilst other write good words,**

재능 있는 시인들이 세련된 펜을 움직여서 연마한 글로
**And like unlettered clerk still cry amen**

당신에 대한 찬가를 쏟아내고 있을 때,
**To every hymn that able spirit affords**

나는 무지한 교회 서기처럼 '아멘'을 외칩니다.
**In polished form of well-refined pen.**

당신에 대한 찬사를 들으면, 나는, 그래요, 그래요 하면서
**Hearing you praised, I say "T'is so, 'tis true,"**

최고의 찬사에 또 하나의 찬사를 추가합니다.
**And to the most of praise add something more;**

그러나, 그것은 마음속 생각일 뿐, 당신에 대한 나의 사랑은
**But that is in my thought, whose love to you,**

언어로는 최후의 자리지만, 마음으로는 맨 앞자리를 차지합니다.
**Though words come hindmost, holds his rank before.**

다른 시인의 말을 유의하는 당신은 반드시 알아야 합니다.
**Then others for the breath of words respect,**

말을 안 하는 나의 경우는 마음속 생각으로 말을 전합니다.
**Me for my dumb thoughts, speaking in effect.**

## 086

발상이 떠오르는 순간 즉시 두뇌에 매장하고,
**Was it the proud full sail of his great verse,**

그 생각을 품고 있던 모태를 묘소(墓所)로 만들면서,
**Bound for the prize of all-too-precious you,**

당신이라는 귀중한 표적을 향해 바람 타고 달리는
**That did my ripe thoughts in my brain inhearse,**

화려한 범선 같은 것이 그의 시 작품입니까?
**Making their tomb the womb wherein they grew?**

나를 죽인 것은, 과거의 출중한 재사(才士)로부터 가르침 받고,
**Was it his spirit, by spirits taught to write**

인간으로서는 도저히 해낼 수 없는 글을 쓴 그의 재능입니까?
**Above a mortal pitch, that struck me dead?**

밤마다, 그를 돕는 동료들이 나타나서
**No, neither he, nor his compeers by night**

그를 도왔지만, 나의 시를 위협하지 못했습니다.
**Giving him aid, my verse astonished.**

그 시인도, 또한 밤마다 그에게
**He, nor that affable familiar ghost**

지식을 전달하러 오는 친근한 망령도
**Which nightly gulls him with intelligence,**

나를 침묵시킨 승리자가 되지 못했습니다.
**As victors of my silence cannot boast'**

나는 그런 존재 때문에 겁에 질려 기력을 잃은 것이 아닙니다.
**I was not sick of any fear from thence.**

　당신의 보살핌으로 그의 시가 완성되었으니
　**But when your countenance filled up his line,**

　나는 주제를 잃고, 나의 시는 쇠퇴했습니다.
　**Then lacked I matter, that enfeebled mine.**

## 087

작별입니다. 당신은 너무나 고귀해서 제가 가질 수 없습니다.
Farewell, thou art too dear for my possessing,

그 가치는 당신도 충분히 알고 있습니다.
And like enough thou know'st thy estimate.

당신의 지위와 특권은 당신을 자유롭게 합니다:
The charter of thy worth gives thee releasing:

당신을 구속하는 나의 증서는 시한이 끝났습니다.
My bonds in thee are all determinate.

당신의 허락 없이 어떻게 당신을 차지합니까?
For how that riches where is my deserving?

그런 부귀를 누릴 수 있는 능력이 나에게 있습니까?
And for that riches where is my deserving?

그토록 환상적인 선물을 나는 받을 이유가 없습니다.
The cause of this fair gift in me is wanting,

그래서 나의 권리를 당신에게 돌려드립니다.
And so my patent back again is swerving.

당신은 자신을 내놓을 때, 자신의 가치를 알지 못했습니다.
Thy self thou gav'st it, thy own worth then not knowing,

당신은 자신을 내주면서 나를 과대평가하고 있었습니다.
Or me to who thou gav'st it, else mistaking;

위대한 선물인 당신은 착오로 내게 잘못 전달된 것입니다.
So thy great gift, upon misprision growing,

이제, 올바른 판단을 해서 당신을 돌려드립니다.
Come home again on better judgment making.

당신을 소유한 것은 잠깐 동안의 달콤한 꿈이었습니다.
Thus have I had thee as a dream doth flatter,

잠 속에서, 나는 왕이었지만, 깨어나보니 아니었습니다.
In sleep a king, but waking no such matter.

## 088

당신이 나를 평가 절하해서,
When thou shalt be disposed to set me light

나를 경멸하는 눈으로 쳐다본다면,
And place my merit in the eye of scorn,

당신 편에 서서 나는 자신과 싸우겠습니다.
Upon thy side against myself I'll fight

당신이 배신해도 당신의 정당성을 나는 입증하겠습니다.
And prove thee virtuous, though thou art forsworn.

나는 나의 약점을 너무나 잘 알고 있습니다.
With mine own weakness being best acquainted,

그래서 당신 편에서 은밀한 죄를 짓고 썩었습니다.
Upon thy part I can set down a story

나는 그런 줄거리로 이야기를 꾸며내겠습니다.
Of faults concealed wherein I am attainted,

이 모든 것이 나를 잃은 당신의 명예를 위해서입니다.
That thou, in losing mem shall win much glory;

나도 이것으로 이득을 얻을 수 있습니다.
And I by this will be a gainer too;

나의 모든 생각은 당신을 향하고 있기 때문에,
For bending all my loving thoughts on thee,

나 자신을 스스로 해치는 일은 당신에게 득이 됩니다.
The injuries that to myself I do,

그 때문에 나는 이중의 득을 얻고 있습니다.
Doing thee vantage, double-vantage me.

내 사랑은 이토록 깊고, 나는 당신의 것이기 때문에,
Such is my love, to thee I so belong,

당신의 선(善)을 위해서, 나는 악(惡)을 짊어집니다.
That, for thy right, myself will bear all wrong.

## 089

내가 죄를 지었기 때문에 나를 버렸다고 언명하세요.
Say that thou didst forsake me for some fault,

나는 그 죄에 관해서 자세하게 설명하겠습니다.
And will comment upon that offense;

내 다리가 성치 않았다고 말하세요. 그 말에 아무 말도
Speak of my lameness and I straight will halt,

하지 않고, 나는 다리를 절뚝거리며 걸어가겠습니다.
Against thy reasons making no defense.

사랑하는 이여, 당신이 아무리 나에게 모욕을 준다 해도,
Thou canst not love, disgrace me half so ill,

나는 당신을 압니다. 내가 하는 자해(自害)에 미치지 못합니다.
To set a form upon desired change,

이 모든 것은, 당신이 원하는 이별의 모양새 때문입니다.
As I'll myself disgrace, knowing thy will;

나는 우리들 사이 정(情)을 버리고 생판 남들처럼 되렵니다.
I will acquaintance strangle and look strange,

당신이 거니는 길을 피하고, 나는 두 번 다시
Be absent from thy walks, and in my tongue

당신의 정다운 이름을 혀끝에 올리지 않겠습니다.
Thy sweet beloved name no more shall dwell,

너무나 더럽혀진 내가 그 이름을 손상하거나,
Lest I, too much profane, should do it wrong

과거의 정을 우연찮게 입질하는 것을 막기 위해서죠.
And haply of our old acquaintance tell.

당신을 위해 나는 나와의 싸움을 맹세합니다.
For thee, against myself I'll debate,

나는 당신이 미워하는 남자를 사랑하지 않으렵니다.
For I must ne'er love him whom thou dost hate.

## 090

나를 미워하려면 지금 미워하세요.
Then hate me when thou wilt, if ever, now,

세상이 나의 행위에 지금 반발하고 있습니다.
Now, while the world is bent my deeds to cross,

당신도 운명과 결탁해서 나를 정복하세요.
Join with the spite of fortune, make me bow,

나중에 갑자기 습격해서 나를 혼내지 마세요.
And do not drop in for an afterloss.

지금입니다. 내가 겨우 이 슬픔에서 벗어났거든요.
Ah, do not when my heart hath 'scaped this sorrow,

정복 후, 비탄의 순간에 오지 마세요.
Come in the rearward of a conquered woe;

바람 부는 밤이 지나고 아침에 비가 오면 안 됩니다.
Give not a windy night a rainy morrow,

정복하려면 미루지 마세요.
To linger out a purposed overthrow.

나를 버리고 싶으면, 다른 사소한 슬픔이
If thou wilt leave me, do not leave me last,

나를 괴롭힌 후, 마지막으로 버리지 마세요.
When other petty griefs have done their spite,

공격 초반에 쳐들어오세요. 그렇게 하면
But in the onset come; so shall I taste

최악의 운명, 그 힘을 최초로 맛봅니다.
At first the very worst of fortune's might;

그 밖에 다른 슬픔은 지금이야 슬픔으로 느끼지만,
And other strains of woe, which now seems woe,

당신을 상실하는 것에 비하면 아무것도 아닙니다.
Compared with loss of thee will not seem so.

## 091

어떤 사람은 가문을 자랑하고, 어떤 사람은 학식을 자랑합니다.
Some glory in their birth, some in their skill,

어떤 사람은 재화를 자랑하고, 어떤 사람은 체력을 자랑합니다.
Some in their wealth, some in their body's force,

어떤 사람은 최신 유행이지만 잘못 만든 의상을 자랑합니다.
Some in their garments, though newfangled ill,

어떤 사람은 매와 엽견(獵犬)을, 어떤 사람은 말을 사랑합니다.
Some in their hawks and hounds, some in their horse;

각자 사람들은 자신의 기질에 맞춰 즐겁게 인생을 살아갑니다.
And every humor hath his adjunct pleasure,

그것이 다른 무엇보다도 엄청난 기쁨이 됩니다.
Wherein it finds a joy above the rest.

하지만 이 모든 것은 나의 기쁨이 아닙니다.
But these particulars are not my measure;

이 모든 것을 포용하는 단 한 가지 최상의 기쁨이 있습니다.
All these I better in one general best.

당신의 사랑이 명문의 가문보다 낫습니다.
The love is better than high birth to me,

재산보다도, 고가의 의상보다 낫습니다.
Richer than wealth, prouder than garments' cost,

매보다, 말보다 더욱더 큰 기쁨입니다.
Of more delight than hawks or horses be;

당신을 얻으면, 다른 사람들이 자랑하는 모든 것을 얻습니다.
And having these, of all men's pride I boast.

　단 한 가지 참담해지는 것은 이 모든 것을 당신이 나로부터
　Wretched in this alone, that thou mayst take

　빼앗아가서 나를 처참하게 만들지 않을까 하는 두려움입니다.
　All this away, and me most wretched make.

## 092

당신이 내 곁을 떠나는 최악의 술책을 부리더라도,
But do thy worst to steal thyself away,

이 생명 있는 한, 당신은 영락없이 나의 것입니다.
For term of life thou art assured mine,

인간의 목숨은 당신의 사랑보다 오래가지 않습니다.
And life no longer than thy love will stay,

죽고 사는 것은 당신의 사랑으로 결판나기 때문입니다.
For it depends upon that love of thine.

사소한 보복에도 내 목숨이 끝나는데,
Then need not to fear the worst of wrongs

최악의 배신을 두려워할 필요가 있습니까.
When in the least of them my life hath end;

당신의 기분에 따라서 좌지우지되는 일보다
I see a better state to me belongs

더 나은 상황을 나는 원하고 있기 때문에,
Than that which on thy humor doth depend.

당신의 변덕스런 마음은 나의 괴로움이 아닙니다.
Thou canst not vex me with inconstant mind,

당신의 변심이 내 인생의 종지부이기에,
Since that my life on thy revolt doth lie.

아아, 나는 얼마나 행복한 인생을 살고 있습니까.
O, what a happy title do I find,

당신의 사랑을 얻는 일, 죽음의 행복을 얻는 일!
Happy to have thy love, happy to die!

축복받은 아름다움도 오점이 있는 두려움이 있습니다.
But what's so blessed-fair that fears no blot?

나는 알지 못하지만, 당신은 배신할 수도 있습니다.
Thou mayst be false, and yet I know it not.

## 093

당신의 진실을 믿으며, 나는 살아갈 것입니다.
**So shall I live, supposing thou art true,**

마치 배신당한 남편처럼 말입니다. 당신의 사랑은 변해도,
**Like a deceived husband; so love's face**

얼굴은 여전히 나를 사랑한다는 표정입니다.
**May still seem love to me, though altered new;**

얼굴은 나를 향하고 있지만, 마음은 딴 곳을 보고 있습니다.
**Thy looks with me, thy heart in other place.**

당신의 눈에는 증오심이 없기 때문에,
**For there can live no hatred in thine eye;**

당신의 변심을 나는 알 수 없습니다.
**Therefore in that I cannot know thy change.**

많은 사람들은 배신하면 얼굴에 분노와 짜증난 표정,
**In many's looks, the false heart's history**

이마의 야릇한 주름살을 드러낸다고 합니다.
**Is writ in moods and frowns and wrinkles strange.**

그러나 하늘은 당신을 창조할 때,
**But heaven in thy creation id decree**

이 얼굴에는 항상 달콤한 사랑이 깃들고 있다고 말했습니다.
**That in thy face sweet love should ever dwell;**

당신의 생각이나 마음이 어찌 되든 간에,
**Whate'er thy thoughts or thy heart's workings be,**

그 얼굴에는 아름다움이 있어야 한다는 것입니다.
**Thy looks should nothing thence but sweetness tell.**

　당신의 미덕이 용모에 나타나지 않으면,
　**How like Eve's apple doth thy beauty grow,**

　당신의 미모는 이브의 사과처럼 영롱할 수 없습니다.
　**If they sweet virtue answer not thy show.**

## 094

사람을 해치는 힘이 있어도 사용하지 않는 사람들,
They that have power to hurt and will do none,

일을 충분히 해낼 수 있는데, 아무것도 하지 않는 사람들,
That do not do the thing they most do show,

다른 사람을 움직이면서 자신은 바위처럼 꼼짝 않는 사람들,
Who, moving others, are themselves as stone,

무감동하고, 냉담하며, 유혹에 잘 넘어가지 않는 사람들,
Unmoved, cold, and do temptation slow,

그들은 천상(天上)의 혜택을 수여받은 사람들이다.
They rightly do inherit heaven's graces

그들은 자연의 부를 낭비 않고 유지하는 사람들이다.
And husband nature's riches from expense;

그들은 자신의 미모를 소유한 주인들이다.
They are the lords and owners of their faces,

그 밖의 사람들은 자신의 미덕을 관리하는 일꾼들이다.
Others but stewards of their excellences.

여름 꽃은 홀로 피었다가 지고 말지만,
The summer's flower is to the summer sweet,

여름 한철에는 아름다운 자태를 보여준다.
Though to itself it only live and die;

그 꽃이 더러운 질병에 걸리면,
But if that flower with base infection meet,

비천한 잡초보다도 못한 비참한 몰골로 변한다.
The basest weed outbraves his dignity.

아무리 아름다운 것도 하는 일이 나쁘면 추악하고,
For sweetest things turn sourest by their deeds;

백합화도 썩으면 잡초보다 더한 악취를 뿜는다.
Lilies that fester smell far worse than weeds.

## 095

어떻게 치욕을 달콤하고 아름다운 것으로 만듭니까,
How sweet and lovely dost thou make the shame

향기로운 장미꽃 속에 숨어 있는 해충이
Which, like a canker in the fragrant rose,

피어나는 당신의 아름다운 명성을 파먹고 있는데!
Doth spot the beauty of thy budding name!

아아, 당신은 죄악을 아름다운 옷자락에 감추고 있네요!
O, in what sweets dost thou thy sins enclose!

당신의 사랑놀이에 관해서, 음란한 주석을 달면서,
That tongue that tells the story of thy days,

그 세월 지난 이야기를 주절대는 사람들은,
Making lascivious comments on thy sport,

당신의 이름을 대면 나쁜 일도 좋게 들리니까,
Cannot dispraise but in a kind of praise;

누구나 칭찬의 형식으로 당신을 비꼽니다.
Naming thy name blesses an ill report.

악덕은 거대한 저택을 입수해서,
O, what a mansion have those vices got

당신의 육체를 주거로 삼았네요.
Which for their habitation chose out thee,

그곳은 미(美)의 베일이 모든 오점을 감싸고 있어서,
Where beauty's veil doth cover every blot,

눈에 보이는 모든 것이 아름답게 변하고 있습니다!
And all things turns to fair that eyes can see!

사랑하는 사람이여, 엄청난 특권을 조심하세요.
Take heed, dear heart, of this large privilege;

단단한 칼도 잘못 쓰면 칼날이 무디어집니다.
The hardest knife ill used doth lose his edge.

## 096

어떤 사람은 젊은 혈기와 방탕이 당신의 결점이라고 말합니다.
Some say thy fault is youth some wantonness;

어떤 사람은 젊음과 신사다운 유흥이 당신의 장점이라고 말합니다.
Some say thy grace is youth and gentle sport,

당신의 장점과 결점을 모든 사람들이 좋아하는 것은
Both grace and faults are loved of more and less;

당신이 결점을 장점으로 바꾸고 있기 때문입니다.
Thou mak't faults graces that to these resort.

옥좌에 앉은 여왕의 손가락을 장식하는 것은
As on the finger of a throned queen

저질 보석이라도 높은 평가를 받는 것처럼,
The basest jewel will be well esteemed,

모든 부정한 행위도 당신이 저지른 일이기에
So are those errors that in thee are seen

바른 행위로 둔갑해서 정당성을 인정받습니다.
To truths translated and for true things deemed.

잔인한 늑대가 양으로 탈바꿈하면,
How many lambs might the stern wolf betray

얼마나 많은 양들이 속아야 합니까!
If like a lamb he could his looks translate!

만약에 자신의 위세로 권력을 함부로 사용하면,
How many gazers mightst thou lead away

얼마나 많은 찬미자들이 길을 잃고 헤매게 됩니까!
If thou wouldst use the strength of all thy state!

그렇게 하면 안 됩니다. 나는 당신을 사랑합니다.
But do not so. I love thee in such sort

당신은 나의 것이기에, 당신의 좋은 평판도 나의 것입니다.
As, thou being mine, mine is thy good report.

## 097

당신과 헤어진 동안은 겨울 같았습니다.
**How like a winter hath my absence been**

쏜살처럼 지나가는 세월에 나는 기쁨을 느낍니다!
**Form thee, the pleasure of the fleeting year!**

추위에 떨고, 어두운 나날을 보냈습니다.
**What freezings have I felt, what dark days seen,**

12월은 사방이 적막한 황야였습니다!
**What old December's bareness everywhere!**

하지만 당신과 이별한 시기는 여름이었습니다.
**And yet this time removed was summer's time,**

풍요로운 가을은 풍성한 수확으로 배가 부르고,
**The teeming autumn, big with rich increase,**

바람난 봄에 잉태한 아기를 출산하려고 했지요.
**Bearing the wanton burden of the prime,**

아버지가 죽은 후, 미망인의 부푼 배와 같습니다.
**Like widowed wombs after their lords' decease.**

하지만 유복하게 자라는 아이도 나의 눈에는
**Yet this abundant issue seemed to me**

아버지를 잃고 살아가는 고아처럼 보였습니다.
**But hope of orphans and unfathered fruit;**

여름과 그 즐거움은 당신을 섬기고 있습니다.
**For summer and his pleasures wait on thee,**

당신이 없으니 새들도 노래를 잃고 잠잠합니다.
**And thou away, the very birds are mute;**

　때로는 노래를 해도, 너무나 울적한 느낌이 들어
　**Or if they sing, 'tis with so dull a cheer**

　겨울이 다가오는 듯 나뭇잎도 퇴색(退色)입니다.
　**That leaves look pale, dreading the winter's near.**

## 098

당신으로부터 떨어져 있던 계절은 봄이었습니다.
From you have I been absent in the spring,

화려한 무늬로 수놓은 새 옷으로 단장한 4월이,
When proud-pied April, dressed in all his trim,

만물에 청춘의 입김을 불어 넣었기 때문에
Hath put a spirit of youth in everything,

음산한 겨울의 신도 즐겁게 두둥실 춤을 추었습니다.
That heavy Saturn laughed and leapt with him.

그러나 새의 노래를 들어도, 아롱진 색으로 피어나는
Yet nor the lays of birds nor the sweet smell

온갖 꽃이 풍기는 달콤한 향기를 맡으면서도
Of different flowers in odor and in hue

나는 즐거운 여름 이야기를 말할 기분이 아니었고,
Could make me any summer's story to tell,

꽃밭에서 피어나는 꽃을 딸 생각도 하지 않았습니다.
Or from their proud lap pluck them where they grew.

또한 순백의 백합화를 찬탄할 생각도 못하고,
Nor did I wonder at the lily's white,

심홍빛 장미꽃을 칭찬할 엄두도 내지 못했습니다.
Nor praise the deep vermilion in th rose;

꽃들은 달콤한 향기를 뿜고, 기쁨의 형상인데,
They were but sweet, but figures of delight,

당신을 모델로 그린 당신의 그림입니다.
Drawn after you, you pattern of all those.

하지만 나에게는 당신이 없는 기나긴 겨울이었습니다.
Yet seemed it winter still, and, you away,

당신의 그림자라 상상하며 꽃과 함께 나는 놀았습니다.
As with your shadow I with these did play.

## 099

나는 일찍 핀 바이올렛 꽃을 야단쳤다.
The forward violet thus did I chide:

"향기 넘치는 도적이여, 달콤한 향기를 어디서 훔쳤는가.
"Sweet thief, whence didst thou steal thy sweet that smells,

나의 연인의 입김에서 훔쳤을 것이다.
If not from my love's breath? The purple pride

부드러운 뺨에 묻은 눈부신 색깔도
Which on thy soft cheek for complexion dwells

나의 연인의 혈관에서 물들인 것이다."
In my love's veins thou hast too grossly dyed."

나는 당신의 손을 훔친 백합화를 비난하고,
The lily I condemned for thy hand,

당신의 금갈색 머리칼을 훔친 마요라나 꽃도 꾸짖었습니다.
And buds of marjoram had stol'n thy hair;

장미꽃은 몸을 떨며 간신히 가시 줄기에 서서,
The roses fearfully on thorns did stand,

수치심에 얼굴을 붉히거나, 절망으로 하얗게 질려 있었습니다.
One blushing shame, another white despair;

붉은색도 아니고 흰색도 아닌 세 번째 장미는 양쪽에서 색을 훔친 후,
A third, nor red nor white, had stol'n of both,

당신의 입김도 훔쳐서 도난 물품 하나를 추가했습니다.
And to his robb'ry had annexed thy breath;

청춘의 기운으로 만발한 꽃은 훔친 죄로 벌을 받아,
But, for his theft, in pride of all this growth

복수심에 불탄 해충의 먹이가 되어 죽었습니다.
A vengeful canker ate him up to death.

더 많은 꽃을 봤습니다만, 어느 것 하나도
More flowers I noted, yet I none could see

당신의 향기와 색을 훔치지 않는 것이 없었습니다.
But sweet or color it had stol'n from thee.

## 100

뮤즈여, 어디 있나요, 그토록 오랫동안
Where art thou, muse, that thou forget'st so long

시상(詩想)의 영감을 베풀지 않고 있으니?
To speak of that which gives thee all thy might?

부질없는 사소한 노래에 헛되이 정열을 쏟아부으면서,
Spend'st thou thy fury on some worthless song,

별 볼 일 없는 주제에 헛되게도 빛을 쏟아붓고 있네요.
Dark'ning thy power to lend vase subjects light?

지금 당장, 돌아오세요, 잊어버리기 잘 하는 뮤즈여,
Return, forgetful muse, and straight redeem

헛되게 보낸 시간을 고상한 시로 보상해주세요;
In gentle numbers time so idly spent;

당신의 노래를 소중히 여기며, 당신의 펜에 기법과 주제를
Sing to he ear that doth thy lays esteem

안겨주는 이들의 귀에다 노래를 들려주세요.
And gives thy pen both skill and argument.

일어나세요, 게으른 뮤즈여, 나의 애인의 얼굴에
Rise, resty muse; my love's sweet face survey

시간의 주름살을 심었는지 살펴보세요.
If Time have any wrinkle graven there.

주름이 발견되면 시간의 쇠퇴를 풍자하는 시를 쓰고,
If any, be a satire to decay

시간의 파괴가 세상 사람의 비웃음을 유발하도록 하세요.
And make Time's spoils despised everywhere.

　나의 연인이 시간에 의해 목숨을 탈취당하기 전에,
　Give my love fame faster than Time wastes life;

　시간의 큰 낫과 칼을 물리치며, 그에게 명성을 안겨주세요.
　So thou prevent'st his scythe and crooked knife.

## 101

게으른 뮤즈여, 미(美)에 포장된 진실에 대해서
O truant muse, what shall be thy amends

소홀한 죄를 당신은 무엇으로 보상합니까?
For thy neglect of truth in beauty dyed?

진실도 아름다움도 내 연인에 의존하고 있으니;
Both truth and beauty on my love depends;

당신도 그러하겠지요. 당신의 위엄도 거기 있습니다.
So dost thou too, and therein dignified.

응답하세요, 뮤즈여. 당신은 아마도 말하겠지요.
Make answer, muse. Wilt thou not haply say

"진실은 나의 색을 지녔기 때문에 물감이 필요 없다.
"Truth needs no color with his color fixed,

미의 진실을 그리기 위해 아름다움은 화필이 필요 없다.
Beauty no pencil beauty's truth to lay;

최고의 것은 섞이지 않고 남아 있을 때가 최고다."
But best is best if never intermixed"?

그는 찬사가 필요치 않기 때문에 침묵합니까?
Because he needs no praise, wilt thou be dumb?

침묵에 대한 변명은 하지 마세요. 당신은
Excuse not silence so, for 't lies in thee

금박 입힌 분묘보다 더 장생(長生)케 해서
To make him much outlive a gilded tomb

미래의 찬양을 그에게 안기는 힘이 있기 때문이죠.
And to be praised of ages yet to be.

　　그러니 임무를 다하세요, 뮤즈여, 나는 그대에게 지금의
　　Then do thy office, muse; I teach thee how

　　그의 모습을 먼 훗날까지 전달하는 방법을 알리겠습니다.
　　To make him seem long hence as he shows how.

## 102

나의 사랑은 약해진 듯 보이지만 사실은 강하다.
**My love is strengthened, though more weak in seeming'**

겉보기에는 줄었지만 사랑은 줄지 않았다.
**I love not less, though less the show appear.**

소유주가 고가품이라고 불고 다니면
**That love is merchandized whose rich esteeming**

그런 사랑은 사고파는 상품과도 같다.
**The owner's tongue doth publish everywhere.**

우리들의 사랑은 신선했다. 때는 바야흐로 봄이었다.
**Our love was new, and then but in the spring,**

나는 노래를 하면서 사랑을 만났다.
**When I was wont to greet it with my lays,**

여름날 노래하는 나이팅게일도
**As Philomel in summer's front doth sing,**

여름이 깊어지면 노래를 멈추는데,
**And stops his pipe in growth of riper days.**

슬픈 가락으로 사방이 고요한 밤보다
**Not that the summer is less pleasant now**

여름 한철이 덜 즐겁다는 것은 아니다.
**Than when her mournful hymns did hush the night,**

노래는 사방에 퍼져서 가지마다 가득한데,
**But that wild music burdens every bough,**

달콤한 노래도 항상 듣게 되면 기쁨이 줄어든다.
**And sweets grown common lose their dear delight.**

　내가 때때로 나이팅게일처럼 입을 다물고 있는 것은,
　**Therefore, like her, I sometime hold my tongue,**

　나의 노래로 당신을 지루하게 만들지 않기 위해서다.
　**Because I would not dull you with my song.**

## 103

아아, 나의 뮤즈가 만든 작품은 참으로 초라합니다.
Alack, what poverty my muse brings forth,

나의 재량을 발휘할 수 있는 기회였는데,
That, having such a scope to show her pride,

내가 칭찬의 말을 추가해서 후에 만든 작품보다도,
The argument all bare is of more worth

꾸미지 않았던 최초의 작품이 더 좋았습니다.
Than when it hath my added praise beside,

더 이상 쓸 수 없다고 해도 나를 책망하지 마세요.
O, blame me not if I no more can write!

당신이 거울을 보면, 거기 비치는 당신의 얼굴은
Look in your glass, and there appears a face

나의 조잡한 구상(構想)의 힘보다 훨씬 좋게 보여,
That overgoes my blunt invention quite,

나의 시를 볼품없이 만들고, 나를 창피스럽게 하고 있습니다.
Dulling my lines and doing me disgrace,

더 잘 만들려고 했지만, 해봐도 그전보다
Were it not sinful then, striving to mend,

못한 것으로 망가지는 것은 죄악이 아닙니까?
To mar the subject that before was well?

나의 시는 당신의 아름다움과 재능을 찬양하는
For to no other pass my verses tend

이외의 목적을 갖고 있지 않습니다.
Than of your graces and your gifts to tell.

　　당신이 자신의 거울을 보면, 나의 시보다
　　And more, much more than in my verse can sit

　　훨씬 더 많고, 많은 것을 그 속에서 봅니다.
　　Your own glass shows you when you look in it.

## 104

정다운 친구여, 그대는 결코 늙지 않아요.
To me, fair friend, you never can be old,

처음으로 그대를 내 눈으로 보았을 때,
For as you were when first your eye I eyed,

그 아름다움은 세월이 가도 변함이 없지요.
Such seems your beauty still. Three winters cold

신록 같던 청신한 그대를 처음 본 이래로,
Have from the forests shook three summers' pride,

세 차례 추운 겨울은 숲속의 나뭇가지마다
Three beauteous springs to yellow autumn turned

세 번 화려한 여름옷을 털어버리고,
In process of the seasons have I seen,

세 차례 눈부신 봄은 세 번이나 누런 가을로 바뀌면서,
Three April perfumes in three hot Junes burned,

세 번의 4월 향기는 세 번의 6월 불더위로 변했습니다.
Since first I saw you fresh, which yet are green.

아아, 그런데, 아름다움은 시곗바늘 같아요.
Ah, yet doth beauty, like a dial hand,

살며시 바늘이 움직이지만, 그 걸음이 보이지 않습니다.
Steal from his figure, and no pace perceived;

당신의 아름다운 용모도 나에게는 정지된 모습이지만,
So your sweet hue, which methinks still doth stand,

사실은 움직이고 있는데, 내 눈은 속고 있을 뿐입니다.
Hath motion and mine eye may be deceived:

이 때문에, 들으세요. 두려움에 떨고 있는 미래 세대에 고합니다.
For fear of which, hear this, thou age unbred:

그대들 태어나기 전 미(美)의 절정인 여름은 사라졌습니다.
Ere you were born was beauty's summer dead.

## 105

나의 사랑을 우상 숭배라고 말하지 마세요.
**Let not my love be called idolatry,**

나의 애인을 우상이라 생각지 마세요.
**Nor my beloved as an idol show,**

나의 노래와 찬가는 항상 변함없이
**Since all alike my songs and praises be**

한 사람에게 바쳐지고, 한 사람만을 이야기합니다.
**To one, of one, still such, and ever so.**

나의 연인은 오늘도, 내일도 항상 다정하며,
**Kind is my love today, tomorrow kind,**

그 탁월한 자질은 언제나 한결같아서, 나의 시(詩)도
**Still constant in a wondrous excellence;**

항상 변함없이 한 가지 주제만을 다루고,
**Therefore my verse, to constancy confined,**

다른 것은 관심 밖입니다.
**One thing expressing, leaves out difference.**

"진, 선, 미"는 나의 주제의 전부입니다.
**"Fair, kind, and true" is all my argument,**

"진, 선, 미"를 다른 말로 바꾸며 말하는 일에
**"Fair, kind, and true," varying to other words;**

나의 창의력이 집중적으로 가동됩니다.
**And in this change is my invention spent,**

세 가지 주제를 하나로 묶는 일은 범위가 광대합니다.
**Three themes in one, which wondrous scope affords.**

"진, 선, 미"는 때때로 개별적으로 살아갑니다.
**"Fair," "kind," and "true" have often lived alone,**

허나, 지금까지 삼자가 한자리에 있은 적은 없습니다.
**Which three till now never kept seat in one.**

## 106

폐허가 된 고대의 연대기를 보면,
When in the chronicle of wasted time

놀랍게도 아름다운 남녀상이 그려져 있습니다.
I see descriptions of the fairest wights,

아름다운 사람들이 죽은 귀부인과 멋스러운
And beauty making beautiful old rhyme

기사(騎士)를 예찬하는 노래를 지었습니다.
In praise of ladies dead and lovely knights,

그곳에 있는 최고로 아름다운 그림을 보니,
Then in the blazon of sweet beauty's best,

손, 발, 입술, 눈, 이마의 정교한 묘사는
Of hand, of foot, of lip, of eye, of brow,

당신이 갖고 있는 그런 아름다움을
I see their antique pen would have expressed

펜으로 그려내고 싶었음을 알게 됩니다.
Even such a beauty as you master now.

그들의 찬사는 우리 시대의 모든 것과
So all their praises are but prophecies

당신에 관한 것을 예언하고 있습니다.
Of this our time, all you prefiguring;

그들은 상상의 눈으로밖에 볼 수 없었기 때문에,
And, for they looked but with divining eyes,

당신의 가치를 노래하는 역량을 갖추지 못했습니다.
They had not skill enough your worth to sing.

　찬양하는 눈은 있어도, 칭찬하는 혀가 없는
　For we, which now behold these present days,

　현대를 바라보면서 우리들은 슬퍼합니다.
　Have eyes to wonder, but lack tongues to praise.

## 107

나의 두려움도, 미래의 넓은 세상을
Not mine own fears nor the prophetic soul

꿈꾸는 사람들의 예측도, 나의 진실한 사랑도
Of the wide world dreaming on things to come

운명의 손에 맡길 수밖에 없다는 것을 알면서,
Can yet the lease of my true love control,

나는 사랑의 시기를 정하지 못하고 있다.
Supposed as forget to a confined doom.

달의 여신인 여왕*은 월식에서 회복되고,
The mortal moon hath her eclipse endured,

수심 깊은 점쟁이는 자신의 예언을 비웃고 있다.
And the sad augurs mock their own presage;

불안은 사라지고 안정감이 옥좌를 감싸며,
Incertainties now crown themselves assured,

평화의 올리브는 영원한 생명**을 구가(謳歌)한다.
And peace proclaims olives of endless age.

상쾌한 향기로 상처를 아물게 하는 이 시대의 물방울로
Now with the drops of this most balmy time

내 사랑은 샘솟듯 살아나고, 죽음은 내 앞에 엎드린다.
My love looks fresh, and Death to me subscribes,

죽음은 무지하고 말 없는 대중 앞에서 승리감에 취해도,
Since, spite of him, I'll live in this poor rhyme,

나는 흔들리지 않고 보잘것없지만 시(詩)에서 살아남는다.
While he insults o'er dull and speechless tribes;

　폭군들의 철갑옷 장식과 장식된 분묘는 소멸되어도
　And thou in this shalt find thy monument

　당신의 기념물인 이 시는 계속 살아남을 것이다.
　When tyrants' crests and tombs of brass are spent.

* 엘리자베스 1세
** 제임스 1세

## 108

나의 모든 것을 당신에게 보여준 이상,
What's in the brain that ink may character

잉크로 더 써낼 것이 내 머리에 남아 있나요?
Which hath not figured to thee my true spirit?

나의 사랑이여, 당신의 귀중한 미덕을 표현하기 위해
What's new to speak, what now to register,

새로운 무엇을 말하고, 무엇을 기록해야 합니까?
That may express my love or thy dear merit?

아무것도 없습니다. 사랑하는 임이여, 과거 하던 말을
Nothing, sweet boy; but yet, like prayers divine,

낡았다 하지 않고, 매일, 매일, 성스런 기도로 되풀이하며,
I must each day say o'er the very same,

처음으로 당신의 아름다운 이름을 찬양하던 때처럼,
Counting no old thing old, thou mine, I thine,

당신은 나의 것, 나는 당신의 것.
Even as when first I hallowed thy fair name.

이렇게 해서 영원한 사랑은 사랑의 신선함을 잃지 않고,
So that eternal love in love's fresh case

노령에 따라붙는 쇠약에도 끄떡 않고,
Weighs not the dust and injury of age,

당연히 자리 잡는 주름살도 피하고,
Nor gives to necessary wrinkles place,

노년을 항상 자신의 하인 삼고 있지요.
But makes antiquity for aye his page,

세월은 흘러 겉모습은 변하고 사랑이 사라진 듯하지만,
Finding the first conceit of love thee bred,

첫사랑이 눈뜬 자리는 계속 살아남는 것을 봅니다.
Where time and outward form would show it dead.

## 109

떨어져 있는 동안, 나의 불꽃이 쇠잔했다고 보일는지 몰라도,
O, never say that I was false of heart,

제발, 내가 부정한 사람이 되었다는 말은 하지 마세요.
Though absence seemed my flame to qualify;

나 자신과 쉽사리 떨어질 수 없습니다.
As easy might I from myself depart

당신 가슴속에 자리한 내 영혼과도 헤어질 수 없습니다.
As from my soul, which in thy breast doth lie.

비록 당신으로부터 벗어나더라도, 그곳은 나의 사랑의 집.
That is my home of love. If I have ranged,

길 떠난 나그네처럼, 나는 다시 돌아옵니다.
Like him that travels I return again,

나는 예정된 시간에, 변하지 않고,
Just to the time, not with the time exchanged,

헤어져 있는 동안 지은 죄를 눈물로 씻어내며 집으로 옵니다.
So that myself bring water for my stain.

온갖 사람에 엉키면서 지나는 성질 때문에
Never believe, though in my nature reigned

별의별 약점 다 나를 움켜잡아도,
All frailties that besiege all kinds of blood,

당신의 미덕을 팽개칠 정도로
That it could so preposterously be stained

종잡을 수 없이 타락하지는 않습니다.
To leave for nothing all thy sum of good.

나의 장미여, 그 속에 내가 있습니다. 당신이 없으면,
For nothing this wide universe I call,

광대무변 우주도 나에게는 없는 것입니다.
Save thou, my rose, in it thou art my all.

## 110

아아, 정말이지, 나는 여기저기 방황했습니다.
**Alas, 'tis true, I have gone here and there**

대중들 앞에서 어릿광대 바보짓도 했습니다.
**And made myself a motley to the view,**

마음의 상처로 귀중품을 헐값으로 내다 팔고,
**Gored mine own thoughts, sold cheap what is most dear,**

새로운 사랑을 쫓으며, 옛사랑을 배반했습니다.
**Made old offenses of affections new.**

정말이지, 진실을 볼 때는
**Most true it is that I have looked on truth**

슬금슬금 대충 봤지만, 사실은
**Askance and strangely; but by all above,**

이런 곁눈질이 나의 젊음을 되살려주고,
**These blenches gave my heart another youth,**

별 볼 일 없는 사람 만나며 당신이 최고라고 생각했습니다.
**And worse essays proved thee my best of love.**

모든 것은 끝났습니다. 영속적인 내 사랑을 받아주세요.
**Now all is done, have what shall have no end.**

새로운 사랑을 위해 옛사랑을 맷돌에 갈면서
**Mine appetite I never more will grind**

시험하는 일은 두 번 다시는 없습니다.
**On newer proof, to try an older friend.**

당신은 유일한 나의 사랑의 신(神)이지요.
**A god in love, to whom I am confined.**

　천국 다음으로 당신이 최고이며,
　**Then give me welcome next my heaven the best,**

　순결하고 너무나 사랑스런 가슴속에 나를 받아주세요.
　**Even to thy pure and most most loving breast.**

## 111

질타하려면 운명의 여신을 꾸짖으세요.
O, for my sake do you with Fortune chide.

내가 잘못한 것은 그 여신 때문입니다.
The guilty goddess of my harmful deeds,

내가 살아가기 위해 배우고 얻은 것은
That did not better for my life provide

저속한 대중적 인기 직업이었습니다.
Than public means which public manners breeds.

그 때문에 내 이름엔 치욕스런 낙인이 찍히고;
Thence comes it that my name receives a brand;

그 때문에 내 성질은 염색공 손바닥처럼
And almost thence my nature is subdued

내 직업의 색깔로 물들었습니다.
To what it works in, like the dyer's hand.

나를 불쌍히 여겨, 재생을 도와주세요.
Pity me, then, and wish I were renewed,

나는 순진한 환자처럼, 전염병으로부터 몸을 지키기 위해
Whilst, like a willing patient, I will drink,

신맛 나는 쓴 약도 먹겠습니다.
Potions of eisel 'gainst my strong infection;

어떤 괴로움도 고생스럽다 생각지 않으렵니다.
No bitterness that I will bitter think,

벌이 두 번이나 겹치더라도 참고 견디렵니다.
Nor double penance, to correct correction.

　　나를 불쌍히 여기세요, 사랑하는 사람이여,
　　Pity me, then, dear friend, and I assure ye

　　당신의 연민은 나의 치유를 도와줍니다.
　　Even that your pity is enough to cure me.

## 112

세간의 비난이 나의 이마에 찍어놓은 낙인의 상처를
Your love and pity doth th' impression fill

무마시키는 것은 당신의 사랑과 연민입니다.
Which vulgar scandal stamped upon my brow;

당신이 나의 잘못을 덮어주고, 나의 선행을 인정해주면,
For what care I who calls me well or ill,

좋든 나쁘든 남들이 나에 대해서 하는 말에 관심 없습니다.
So you o'ergreen my bad, my good allow?

당신은 나의 전 세계입니다. 나에 대한 칭찬이건, 비난이건,
You are my all the world, and I must strive

당신 입에서 나오는 것이 아니면, 듣지도 않을 것입니다.
To know my shames and praises from your tongue;

쇠뭉치 같은 나의 감성을 바꿀 수 있는 것은
None else to me, nor I to none alive,

이 세상에 당신뿐이고, 타인의 수고와 의견은
That my steeled sense or changes right or wrong

심연 속에 내던졌으니,
In so profound abysm I throw all care

나는 독사 같은 두 귀를 틀어막고,
Of others' voices that my adder's sense

비판의 소리든, 칭찬의 소리든 듣지 않을 작정입니다.
To critic and to flatterer stopped are.

비평에 대한 나의 무관심을 주목해주시기 바랍니다.
Mark how with my neglect I do dispense:

당신이 너무나 강하게 나의 집념 속에 살아 있기 때문에
You are so strongly in my purpose bred

당신 이외의 온 세상은 나에게는 죽은 것과 다름없습니다.
That all the world besides methinks are dead.

FABRIQUE
DE
CUIRS FORTS

a avril 1868

## 113

당신과 헤어진 후, 내 눈은 마음속에서,
Since I left you, mine eye is in my mind,

산책길 안내 기능을 잃었습니다.
And that which governs me to go about

길을 가야 하는데, 시력을 잃게 되어,
Doth part his function, and is partly blind,

보고 있는 듯하지만, 실제로는 아무것도 볼 수 없습니다.
Seems seeing, but effectually is out;

내 눈은 새나 꽃이나, 그 밖에 자신이 파악한 모든 사물을
For it no form delivers to the heart

있는 그대로의 모습으로 마음에 전달하지 못했습니다.
Of bird, flower, or shape which it doth latch;

그래서 마음은 눈앞의 사물을 모르고 지나고,
Of his quick objects hath the mind no part,

눈이 잡은 사물을 기록으로 갖지 못하고 있습니다.
Nor his own vision holds what it doth catch.

내 눈은 조잡하고, 우아한 것을,
For if it see the rud'st or gentlest sight,

아름답고 미운 것을,
The most sweet favor or deformed'st creature,

산과 바다, 낮과 밤, 까마귀와 비둘기,
The mountain or the sea, the day or night,

무엇을 보든 나 자신의 모습으로 전환합니다.
The crow or dove, it shapes them to your feature.

나의 진실한 마음은 당신으로 가득 차 있기 때문에,
Incapable of more replete with you,

다른 것은 받을 수 없고, 모든 것은 거짓으로 보입니다.
My most true mind thus maketh mine eye untrue.

## 114

당신의 사랑으로 왕좌에 앉은 나는,
Or whether doth my mind, being crowned with you,

왕의 고질병인 측근들 아부의 잔을 들고 있나요?
Drink up the monarch's plague, this flattery?

내 눈은 진실이라고 말하고 있는데, 사랑하는
Or whether shall I say mine eye saith true,

당신의 연금술이 내 속에 파고들었나요?
And that your love taught it this alchemy,

그 연금술로 시야에 들어온 것은
To make of monsters and things indigest

괴상망측한 것이 순식간에 모습을 바꿔,
Such cherubins as your sweet self resemble,

당신을 닮은 아름다운 천동(天童)이 되고
Creating every bad a perfect best

온갖 악행이 선한 것으로 바뀌는 상황입니다.
As fast as objects to hs beams assemble?

정답은 첫 번째입니다. 내 눈은 추종들 아부로,
O, 'tis the first: 'tis flattery in my seeing,

나의 위대한 마음은 왕이 되어 그 잔을 마십니다.
And my great mind most kingly drinks it up.

눈은 마음이 무엇을 좋아하는지 알기 때문에,
Mine eye well knows what with his gust is greeing,

마음의 혀에 맞춰서 음료를 조율합니다.
And to his palate doth prepare the cup.

만약에 독이 섞여 있다 하더라도, 죄는 가볍습니다.
If it be poisoned, 'tis the lesser sin

눈이 그것을 좋아하고, 눈이 먼저 맛을 보았습니다.
That mine eye loves it and doth first begin.

## 115

그전에 쓴 나의 시는 거짓말이었습니다.
Those lines that I before have writ do lie,

더 이상 당신을 깊이 사랑할 수 없다는 구절 말입니다.
Even those that said I could not love you dearer,

내 사랑이 그 당시 그토록 세차게 불붙고
Yet then my judgment knew no reason why

마냥 타오를 것이라고 상상도 못 했습니다.
My most full flame should afterwards burn clearer.

그러나 시간은 무수한 사건을 잉태하고,
But reckoning time, whose millioned accidents

맹세를 방해하며, 국왕의 칙령도 바꾸고,
Creep in 'twixt vows and change decrees of kings,

신성한 아름다움을 해치고, 격한 열정을 잠재우며,
Tan sacred beauty, blunt the sharp'st intents,

억센 마음의 흐름을 변심으로 돌리고자 유혹합니다.
Divert strong minds to th' course of alt'ring things —

아아, 그래서, 나는 시간의 폭력을 두려워하며,
Alas, why, fearing of time's tyranny,

일체의 불안감을 누르고, 현재만을 믿으며,
Might I not then say "Now I love you best,"

앞날을 의심하면서 이렇게 말하지 않았습니까?
When I was certain o'er incertainty,

"지금 나는 당신을 깊이 사랑합니다."
Crowning the present, doubting of the rest?

그렇게 말하지 말아야 했지요. 사랑은 갓난아기인데,
Love is a babe. Then might I not say so,

성장 과정에 있는 아기를 어른 취급했으니깐 말이죠.
To give full growth to that which still doth grow.

## 116

진실한 마음과 마음이 만나는 결혼에
Let me not to the marriage of true minds

장해가 끼어드는 것을 나는 믿을 수 없다.
Admit impediments. Love is not love

사정이 변하면 자신도 변하고,
Which alters when it alteration finds

상대가 변하면 자신도 변하는 사랑은 사랑이 아니다.
Of bends with the remover to remove.

아, 아니다. 사랑은 모진 비바람을 버티고,
O, no, it is an ever-fixed mark

흔들리지 않으며, 꿋꿋하게 서 있는 등대이다.
That looks on tempests and is never shaken;

사랑은 헤매는 배를 인도하는,
It is the star to every wand'ring bark,

높이는 알아도 영향력은 알 수 없는 하늘의 별과도 같다.
Whose worth's unknown, although his height be taken.

장밋빛 입술과 두 뺨은 시간의 큰 낫으로 잘려도,
Love's not Time's fool, though rosy lips and cheeks

사랑은 시간의 어릿광대가 아니다.
Within his bending sickle's compass come;

사랑은 짧은 나날과 세월에 변하는 것이 아니라,
Love alters not with his brief hours and weeks,

최후의 심판의 날까지 견디고 지속되는 힘이다.
But bears it out even to the edge of doom.

　나의 몸으로 입증되는 이 사실이 거짓이라면,
　If this be error, and upon me proved,

　나의 시는 없는 것이요, 사랑도 없는 것이 된다.
　I never writ, nor no man ever loved.

## 117

나를 비난하세요. 당신의 큰 은혜에
Accuse me thus: that I have scanted all

당연히 보답해야 하는데, 인색하게 굴었습니다.
Wherein I should your great deserts repay,

나는 지난 세월 속에서 당신의 사랑에 묶여 있었는데,
Forgot upon your dearest love to call,

그 사랑에 호소하는 것을 잊었습니다.
Whereto all bonds do tie me day by day;

나는 별 볼 일 없는 친구들과 가깝게 지내면서,
That I have frequent been with unknown minds,

당신이 큰 희생을 치르고 얻은 사랑을 낭비했습니다.
And given to time your own dear-purchased right;

당신으로부터 멀리 떨어지기 위해
That I have hoisted sail to all the winds

나는 바람에 돛을 달고 도망쳤습니다.
Which should transport me farthest from your sight;

고의든 과실이든 나의 죄를 기록해서,
Book both my willfulness and error down,

확실한 증거로 삼고 당신의 추측을 첨가하세요.
And on just proof surmise accumulate;

나를 당신이 싫어하는 표적의 대상으로 삼으세요.
Bring me within the level of your frown,

그러나 알량한 증오심으로 나에게 활은 쏘지 마세요.
But shoot not at me in your weekend hate,

　나는 당신의 변함없는 사랑과 그 소중함을
　Since my appeal says I did strive to prove

　안간힘을 다해 입증하려고 노력하고 있습니다.
　The constancy and virtue of your love.

## 118

사람들은 식욕을 더욱더 촉진하기 위해
Like as to make our appetites more keen

미각을 자극하는 것이면 무엇이든 맛을 보고,
With eager compounds we our palate urge;

아직도 자각 증상이 없는 병을 예방하기 위해
As to prevent our maladies unseen

설사약으로 병을 피하려다 오히려 병을 얻습니다.
We sicken to shun sickness when we purge;

당신의 지칠 줄 모르는 감미(甘味) 탐식(貪食)에,
Even so, being full of your ne'er-cloying sweetness,

넌더리 나서 쓴 양념을 찾아 맛보기도 했는데,
To bitter sauces did I frame my feeding;

이런 일에도 식상한 나머지 그럴 필요도 없었지만,
And, sick of welfare, found a kind of meetness

병에 걸려보는 일도 괜찮다고 생각하게 되었습니다.
To be diseased ere that there was true needing.

이런 일이 계속되자 있지도 않는 병을 예방한답시고 한 일이
Thus policy in love, t'anticipate

오히려 병에 걸리는 결과를 초래했습니다.
The ills that were not, grew to faults assured,

행복에 겨워 건강한 몸이 거꾸로 치료를 받아야 하는
And brought to medicine a healthful state

불행한 일을 자초하게 된 것입니다.
Which, rank of goodness, would by ill be cured.

당신에게 싫증나면 약도 독이 된다는 진실을
But thence I learn, and find the lesson true:

나는 이 일로 한 가지 교훈을 얻게 되었습니다.
Drugs poison him that so fell sick of you.

## 119

지옥처럼 더러운 증류기(蒸溜器)에서 걸러진
What potions have I have drunk of siren tears

마녀의 눈물을 나는 얼마나 마셨는가.
Distilled from limbecks foul as hell within,

희망에는 불안을, 불안에는 희망을 적용하면서,
Applying fears to hopes and hopes to fears,

이겼다고 생각했을 때, 나는 사실상 패배했었다.
Still losing when I saw myself to win!

이루 말할 수 없이 축복을 받았다고 기뻐 날뛸 때,
What wretched errors hath my heart committed,

내 마음은 너무나 처참한 오류를 범하고 있었다.
Whilst it hath thought itself so blessed never!

미친 듯 정욕의 열병에 사로잡혀 있을 때,
How have mine eyes out of their spheres been fitted

내 눈은 정상의 자리에서 빗나가고 있었다.
In the distraction of this madding fever!

아, 흉운(凶運)의 은혜여! 나는 이제야 믿게 되었다.
O, benefit of ill! Now I find true

선은 악을 극복하면서 더욱더 좋아진다.
That better is by evil still made better;

무너진 사랑은 다시 세워 일으키면서,
And ruined love, when it is built anew,

처음보다 더 아름다워지고, 더 강해지고, 더 커진다.
Grows fairer than at first, more strong, far greater.

　그래서 나는 견책(譴責)을 받고 마음이 충족된다.
　So I return rebuked to my content,

　악을 저지르면 나는 잃은 것을 세 배로 받게 된다.
　And gain by ills thrice more than I have spent.

## 120

당신이 한때, 나에게 불친절했던 것이 지금은 나를 돕고 있습니다.
That you were once unkind befriends me now,

이 몸은 놋쇠도 강철도 아니지만,
And for that sorrow which I then did feel

그 당시 내가 느꼈던 슬픔을 이겨내고,
Needs must I under my transgression bow,

지금 나는 무거운 죄로 인해 머리를 수그리고 있습니다.
Unless my nerves were brass or hammered steel.

만약 당신이 과거 내가 당했던 것처럼 나의 불친절로 고난을 겪는다면,
For if you were by my unkindness shaken

당신은 지금 지옥 같은 시간을 보내고 있을 것입니다.
As I by yours, you've passed a hell of time,

폭군이 된 나는 한때 당신의 배신으로 인해
And I, a tyrant, have no leisure taken

얼마나 고통을 받고 있었는지 지금은 아무런 생각도 없습니다.
To weigh how once I suffered in your crime.

아, 우리들의 슬펐던 밤, 그때 느꼈던 진정한 슬픔의 고통을
O, that our night of woe might have remembered

지금 마음속 깊이에서 회상할 수 있으면 얼마나 좋을까요.
My deepest sense how hard true sorrow hits,

당신이 그때 나에게 베풀었듯이 마음의 상처에 바르는
And soon to you as you to me then tendered

겸양의 고약을 당신에게도 해주었으면 얼마나 좋을까요!
The humble salve which wounded bosoms fits!

나의 죄가 당신의 죄를 사하여주기 때문에,
But tht your trepass now becomes a fee;

당신의 죄는 나의 죄를 사하여줍니다.
Mine ransoms yours, and yours must ransom me.

## 121

잘못이 없는데 비난받는 경우가 있는데,
**'Tis better to be vile than vile esteemed,**

나쁘다고 판정되느니 차라리 나빠지는 것이 좋다.
**When not to be receives reproach of being,**

우리 느낌으로는 괜찮은 올바른 쾌락도
**And the just pleasure lost, which is so deemed**

타인이 보고 나쁘다고 말하면, 손상을 입게 된다.
**Not by our feeling but by others' seeing.**

나는 놀기 좋아하지만, 그렇다고 해서 왜 타인으로부터
**For why should others' false adulterate eyes**

부정한 눈총을 받아야만 하는가? 내가 도덕심이 약하다지만,
**Give salutation to my sportive blood?**

그렇다고 해서 나보다 더 나쁜 사람도 있는데, 그들이 내가
**Or on my frailties why are frailer spies,**

옳다는 것을 나쁘다고 말할 때, 나는 참고 들어야 하는가?
**Which in their wills count bad what I think good?**

아니다. 남이 뭐라 해도, 나는 나다. 나에게 험구(險口)하는 사람들은
**No, I am that I am; and they that level**

자신들의 악행을 스스로 털어놓는 일이 될 것이다.
**At my abuses reckon up their own.**

나는 정직하다. 그들이야말로 뒤틀린 악당들이다.
**I may be straight though they themselves be bevel;**

그들의 빗나간 생각으로 내 행동을 보지 말았으면 좋겠다.
**By their rank thoughts my deed must not be shown,**

그렇지 않으면 사람은 모두 악인 되고, 악인 천지 된다.
**Unless this general evil they maintain:**

성악설 주장하며, 무법천지 되면 모를까.
**All men are bad and in their badness reign.**

## 122

당신의 선물인 수첩은 우리들 추억의 기록인데,
**Thy gift, thy tables, are within my brain**

오래 남도록 내 두뇌 속에 보존해두었습니다.
**Full charactered with lasting memory,**

그렇게 하면, 별 볼 일 없는 일이 지면에 남는 것을
**Which shall above that idle rank remain**

초월해서 회상은 영원히 기억 속에 머물 수 있습니다.
**Beyond all date, even to eternity —**

적어도, 마음과 머리가 자연으로부터 부여받은 본래의
**Or at the least, so long as brain and heart**

능력이 발휘되면 오랫동안 살아남게 될 것입니다.
**Have faculty by nature to subsist;**

머리와 마음이 당신의 사고와 감정을
**Till each to razed oblivion yield his part**

망각으로 끌고 가는 시점까지는 당신의 기록은 남을 것입니다.
**Of thee, thy record never can be missed.**

그러나 허약한 기억력은 많은 기록을 갖지 못합니다.
**That poor retention could not so much hold,**

당신의 귀중한 사랑의 수첩도 나는 원치 않게 되어,
**Nor need I tallies thy dear love to score;**

그 결과 나는 수첩을 대담하게 버리게 되고, 대신,
**Therefore to give them from me was I bold,**

당신의 모든 것이 들어 있는 마음의 수첩을 갖습니다.
**To trust those tables that receive thee more.**

　당신을 기억하기 위한 비망록은
　**To keep an adjunct to remember thee**

　나의 건망증을 과시할 뿐입니다.
　**Were to import forgetfulness in me.**

## 123

아니다. 시간이여, 내가 변심한다고 떠벌리지 말라.
No, Time, thou shalt not boast that I do change.

그대가 새로운 힘을 결집해서 세운 대건축물도
Thy pyramids built up with newer might

나에게는 새롭지 않고, 신기하지도 않다.
To me are nothing novel, nothing strange;

그전의 겉모양을 새로 단장했을 뿐이다.
They are but dressings of a former sight.

인간의 목숨은 짧다. 그대가 사기꾼처럼 낡은 것을
Our dates are brief, and therefore we admire

새것으로 꾸며서 보여주면, 그전에 들어본 일이
What thou dost foist upon us that is old,

있는 것도 모르고, 우리는 멋지다고 생각하고,
And rather make them born to our desire

우리가 바라는 대로 만들어진 신품이라고 생각한다.
Than think that we before have heard them told.

현재와 과거를 신비롭게 생각하지 않기 때문에,
Thy registers and thee I both defy,

그대의 시간과 연대기를 나는 거부한다.
Not wond'ring at the present nor the past;

시간이여, 그대와 기록은 진실이 아니기 때문이다.
For thy records and what we see doth lie,

빠른 시간의 흐름은 때로 확장되거나 축소되어 보인다.
Made more or less by thy continual haste.

나는 영원히 변하지 않는다고 맹세할 수 있다.
This I do vow, and this shall ever be:

시간이 큰 낫을 휘둘러도 나는 항상 진실하다.
I will be true despite thy scythe and thee.

## 124

나의 귀중한 사랑이 상황에 따라 변한다면,
If my dear love were but the child of state,

그것은 운명의 여신에게서 태어난 사생아요, 아비 없는 자식이다.
It might for fortune's bastard be unfathered,

시간의 사랑을 받으면, 꽃 속의 꽃으로 살아나고,
As subject to time's love or to time's hate,

시간의 미움을 사면, 잡초와 함께 쓰레기로 제거된다.
Weeds among weeds, or flowers with flowers gathered.

내 사랑은 우연의 힘이 미치지 못하는 곳에서 태어났다.
No, it was builded far from accident;

내 사랑은 화사한 어떤 일에도 물들지 않고,
It suffers not in smiling pomp, nor falls

억눌린 폭거에도 굴복하지 않았다.
Under the blow of thralled discontent,

이들 양단 간에 빠지는 일은 오늘날 추세이다.
Whereto th' inviting time our fashion calls.

단기 차용 계약 사랑의 경우는 편리하지만
It fears not policy that heretic

그런 이단의 손길을 피하면서,
Which works on leases of short-numbered hours,

나는 현명한 처신으로 혼자서 버티며 살아간다.
But all alone stands hugely politic,

더위에 번식도 않고, 폭우에 젖지도 않는다.
That it nor grows with heat nor drowns with showers.

그 증인으로, 나는 시간의 꼭두각시들을 소환한다.
To this I witness call the fools of time,

그들은 죄를 짓고 살다가, 죄를 참회하고 죽어간다.
Which die for goodness who have lived for crime.

## 125

내가 덮개를 받쳐들고 무슨 이득 있어요?
Were't aught to me I bore the canopy,

겉으로만 당신을 숭배한다고 하면서,
With my extern the outward honoring,

영원한 명성을 위해 초석(礎石)을 둔다고 비난하는데,
Or laid great bases for eternity,

그 때문에 내 인생 단축되고 소모되어 망했는데
Which proves more short than waste or ruining?

형식과 겉모습 탐하는 사람들 나는 보았지요.
Have I not seen dwellers on form and favor

큰돈 헛되이 쏟아붓고 빈털터리 되고도,
Lose all and more by paying too much rent,

혼합물 달콤한 향수에 취해 담백한 향내를 잊은 사람들,
For compound sweet forgoing simple savor,

가련하게도 성공한 부자들은 허식을 찾다 망했는데,
Pitiful thrivers, in their gazing spent?

나는 다릅니다. 나는 당신의 마음을 순종합니다.
No, let me be obsequious in thy heart,

보잘것없는 이 몸이지만 순수한 마음을 당신에게 바칩니다.
And take thou my oblation, poor but free,

부정한 것이 섞이지 않고 가식(假飾) 없는
Which is not mixed with seconds, knows no art

나의 일편단심을 당신에게 바칩니다.
But mutual render only me for thee.

　　꺼져라, 너희들 썩은 밀고자(密告者)들아, 진실한 영혼은
　　Hence, thou suborned informer, a true soul

　　가혹한 탄핵을 받아도 너희들 지배를 받지 않는다.
　　When most impeached stands least in thy control.

## 126

아, 나의 사랑스런 젊은이여, 그대의 손에는
**O thou, my lovely boy, who in thy power**

변덕스런 시간의 거울, 낫, 모래시계가 있습니다.
**Dost hold Time's fickle glass, his sickle, hour,**

당신은 갈수록 더 아름다워지는데,
**Who has by wanning grown, and therein show'st**

당신이 사랑하는 사람은 점점 더 노쇠하고 있습니다.
**Thy lover's withering as thy sweet self grow'st**

자연의 여신은 파멸을 관장하는 여왕인데,
**If Nature, sovereign mistress over wrack,**

당신이 앞으로 나가면, 뒤로 끌어들이고 있습니다.
**As thou goest onwards still will pluck thee back,**

자신의 품속으로 잡아당기는 것은 자신의 기량으로
**She keeps thee for this purpose, that her skill.**

시간을 모욕하고, 분초의 시간을 무력화하기 위해서입니다.
**May Time disgrace, and wretched minutes kill.**

하지만 자연을 두려워하세요. 자연의 여신의 총아여!
**Yet fear her, O thou minion of her pleasure!**

여신은 그의 보물을 억류할 수 있어도, 영원히 소유할 수 없습니다.
**She may detain, but not still keep, her treasure.**

자연이 시간에 지불하는 결산은 지체되어도 결국 지불돼야 합니다.
**Her audit, though delayed, answered must be,**

그 지불은 당신을 돌려주는 일입니다.
**And her quietus is to render thee.**

## 127

옛날 사람은 검정색을 아름답다고 생각지 않았다.
**In the old age, black was not counted fair,**

아름다워도 아름답다는 이름을 달지 않았다.
**Or, if it were, it bore not beauty's name;**

지금은 검정색이 미(美)의 올바른 후계자가 되었다.
**But now is black beauty's successive heir,**

그동안의 미는 사생아의 누명을 쓰고 있었다.
**And beauty slandered with a bastard shame.**

그렇게 된 것은 사람들이 자연의 힘을 빌려,
**For since each hand hath put on nature's power,**

인공적인 가면으로 추(醜)를 미로 바꿨기 때문이다.
**Faring the foul with art's false borrowed face,**

이 때문에 흰색은 명성을 잃고, 성역에서 쫓겨나,
**Sweet beauty hath no name, no holy bower,**

치욕적인 삶은 아니지만, 저속(低俗)으로 타락했다.
**But is profaned, if not lives in disgrace.**

그래서 나의 애인은 눈이 까마귀처럼
**Therefore my mistress' eyes are raven black,**

검은색이 되었다. 검은 눈은
**Her eyes so suited, and they mourners seem**

타고난 것이 아니었지만, 인공으로 장식되어,
**At such who, not born fair, no beauty lack,**

자연의 미 창조 훼손을 개탄하고 있는 듯하다.
**Sland'ring creation with a false esteem.**

　그들의 눈이 슬픔에 젖어 너무나 아름답기에,
　**Yet so they mourn, becoming of their woe,**

　사람들은 모두들 검정색은 아름답다고 말한다.
　**That every tongue says beauty should look so.**

## 128

나의 음악, 그대여, 그대가 음악을 연주하면,
How oft, when thou, my music, music play'st

축복받은 건반이 손가락 움직임에 반응해서
Upon that blessed wood whose motion sounds

아름다운 소리를 내고, 그대의 손으로 조종된
With thy sweet fingers when thou gently sway'st

소리의 조화(調和)가 내 귀를 놀라게 하는데,
The wiry concord that mine ear confounds,

그대의 보드라운 손 안쪽에 키스하느라
Do I envy those jacks that nimble leap

요동치는 나무토막을 나는 얼마나 부러워했는지.
To kiss the tender inward of thy hand,

그 은혜를 받게 된 나의 가련한 입술은 나무토막의
Whilst my poor lips, which should that harvest reap,

대담성에 스스로 얼굴이 붉어져서 서 있을 뿐이다.
At the wood's boldness by thee blushing stand.

그런 사랑의 애무를 받을 수 있다면, 나의 입술은
To be so tickled they would change their state

춤추는 건반과 기쁘게 서로의 입장을 바꿀 수 있다.
And situation with those dancing chips,

그대의 손가락은 사뿐히 거닐면서 죽은 나무토막에
O'er whom thy fingers walk with gentle gait,

생명을 쏟고, 입술보다 더 큰 축복을 안겨주고 있다.
Making dead wood more blest than living lips.

뻔뻔스런 건반은 그것으로도 충분히 만족하고 있으니,
Since saucy jacks so happy are in this,

그들은 당신의 손가락에, 당신은 나의 입술에 키스를 해다오.
Give them thy fingers, me thy lips to kiss.

## 129

방탕한 정욕은 그 행위 자체가 부끄러운 일이요,
Th' expense of spirit in a waste of shame

정신을 낭비하는 일이며, 정욕을 섬기는 행위는
Is lust in action; and, till action, lust

위선, 살인, 살벌, 악의, 야만, 과격, 조잡,
Is perjured, murd'rous, bloody, full of blame,

잔인 등이며, 믿을 만한 것은 하나도 없다.
Savage, extreme, rude, cruel, not to trust;

사람들은 이것을 즐기지만, 곧 경멸하게 되고,
Enjoyed no sooner but despised straight;

이성을 잃고 추구하지만, 손에 넣는 즉시
Past reason hunted, and no sooner had,

이성을 잃고 증오하며, 사람을 미치게 만들기
Past reason hated as a swallowed bait

위해 만든 독즙을 마신 것처럼 행동한다.
On purpose laid to make the taker mad,

추구하는 일도 미친 짓이요, 손에 넣어도 미친 짓이다.
Mad in pursuit and in possession so;

행위 전이나, 과정이나, 그리고 후에도 정도(正道)를 벗어나 극단에
Had, having, and in quest to have, extreme;

흐르고, 체험 중에는 만복이지만, 체험 후는 비탄이다.
A bliss in proof and proved a very woe;

일하기 전에는 기쁨이요, 지나고 나면 일장춘몽이다.
Before, a joy proposed; behind, a dream.

이 모든 것을 사람들은 알고 있다. 지옥으로 가는데
All this the world well knows, yet none knows well

천당처럼 보이는 길을 사람들은 피할 줄 모르고 간다.
To shun the heaven that leads men to this hell.

## 130

내 연인의 눈은 태양 같지 않다.
My mistress' eyes are nothing like the sun;

그녀의 입술보다 산호가 더욱 붉다.
Coral is far more red than her lips' red;

눈(雪)이 하얗다면 그녀의 가슴은 암갈색이다.
If snow be white, why then her breasts are dun;

금실 머리칼에 비하면, 그녀의 머리는 흑사(黑絲)다.
If hairs be wires, black wires grow on her head.

장미라면 붉고 하얀 꽃이 섞인 것을 본 적이 있다.
I have seen roses damasked, red and white,

그러나 여인의 뺨에서 나는 그런 장미를 본 적이 없다.
But no such roses see I in her cheeks;

향기로운 냄새를 풍기는 향수가 있는데,
And in some perfumes is there more delight

연인의 입김은 그 향기를 당할 수 없다.
Than in the breath that from my mistress reeks.

그녀가 말하는 소리를 좋아하지만,
I love to hear her speak, yet well I know

언어에는 그보다 더 좋은 음악이 있다.
That music hath a far more pleasing sound.

나는 연인이 걷는 모습을 본 적이 없다.
I grant I never saw a goddess go;

내 연인은 언제나 땅을 짓밟으며 간다.
My mistress, when she walks, treads on the ground.

　　하지만 나는 맹세코 말할 수 있다. 내 연인은 이토록
　　And yet, by heaven, I think my love as rare

　　허황된 비유로 장식된 어떤 여인보다도 더 아름답다.
　　As any she belied wth false compare.

## 131

검은 여인인 그대가 폭군처럼 행동하는 것은,
Thou art as tyrannous, so as thou art,

미모를 내세우며 잔혹해지는 다른 여인과 같다.
As those whose beauties proudly make them cruel;

그대는 잘 알고 있겠지만, 사랑에 홀린 나에게
For well thou know'st to my dear doting heart

그대는 더없이 아름답고 귀중한 보석이다.
Thou art the fairest and most precious jewel.

그러나 솔직히 말해서 그대를 본 사람들은,
Yet in good faith some say that thee behold,

얼굴에 연인을 감탄케 하는 힘이 없다고 한다.
Thy face hath not the power to make love groan;

그들의 말이 틀렸다고 말할 용기는 나에게 없다.
To say they err I dare not be so bold,

다만 내 마음속 깊이에서 나는 홀로 다짐한다.
Although I swear it to myself alone.

확실히 나의 맹세는 거짓이 아니라고 말이다.
And, to be sure that is not false I swear,

그대 얼굴을 생각하면 수천 번의 탄성이 나온다.
A thousand groans, but thinking on thy face,

내 마음의 법정에서 나는 그대의 검은 아름다움이
One on another's neck do witness bear

이 세상 최고의 미(美)라고 번갈아 증언할 수 있다.
Thy black is fairest in my judgment's place.

　　그대의 행동은 검은 미인의 표징(表徵)이 되는데,
　　In nothing art thou black save in thy deeds,

　　그대를 헐뜯는 이유는 바로 이 때문이라고 생각한다.
　　And thence this slander as I think proceeds.

## 132

당신의 눈을 사랑합니다. 당신의 눈이
Thine eyes I love, and they, as pitying me,

내 마음을 괴롭힌다고 연민의 정을 나타내면서,
Knowing they heart torment me with disdain,

나를 가엾게 여겨 당신은 검은 상복으로 사랑을 표시하며,
Have put on black, and loving mourners be,

애틋한 정으로 나의 고민을 바라보고 있습니다.
Looking with pretty ruth upon my pain.

하늘로 향해 치솟는 아침 태양은
And truly not the morning sun of heaven

동쪽 하늘 회색빛 뺨에 있는 것이 바람직하고,
Better becomes the gray cheeks of the east,

저녁 하늘 샛별은
Nor that full star that ushers in the even

서쪽 으스름 하늘이 어울리는데,
Doth half that glory to the sober west

이 모든 것도 상복이 어울리는 슬픈 두 눈이
As those two mourning eyes become thy face.

당신 얼굴에 어울리는 것과는 비교가 되지 않습니다.
O, let it then as well beseem thy heart

상복이 어울리는 당신의 동정 어린 마음도,
To mourn for me, since mourning doth thee grace,

다른 부분과 함께 나를 위해 슬퍼해주세요.
And suit thy pity like in every part.

  미의 여신은 검다고 나는 말하겠습니다. 그대의 검은 얼굴색을
  Then will I swear beauty herself is black,

  닮지 않은 것은 모두가 추하다고 맹세코 나는 말하겠습니다.
  And all they foul that thy complexion lack.

## 133

나와 나의 친구들에게 안긴 아픔 때문에,
**Beshrew that heart that makes my heart to groan**

나를 몹시 고통스럽게 만든 당신은 저주를 받아야 한다.
**For that deep wound it gives my friend and me,**

나 혼자 그 아픔을 받아들이면 안 된단 말인가.
**Is 't not enough to torture me alone,**

나의 다정한 친구까지 노예로 만들어야 하는가?
**But slave to slavery my sweet'st friend must be?**

당신의 눈은 무자비하게 나 자신을 나로부터 빼앗아갔다.
**Me from myself thy cruel eye hath taken,**

다음으로 나 자신과 같은 내 친구를 괴롭혔다.
**And my next self thou harder hast engrossed;**

나와 내 친구는 당신으로부터 버림받았다.
**Of him, myself, and thee I am forsaken,**

삼중의 고통이 세 배로 늘어났다.
**A torment thrice threefold thus to be crossed.**

내 마음을 당신의 강철 같은 가슴속에 묻어두어도 좋으니,
**Prison my heart in thy steel bosom's ward,**

내 친구의 마음은 나에게로 풀어주기 바란다.
**But then my friend's heart let my poor heart bail,**

누가 나를 수감하더라도, 내 마음은 그의 간수이다.
**Whoe'er keeps me, let my heart be his guard;**

그곳은 당신의 가혹한 통제가 먹히지 않는 공간이다.
**Thou canst not then use rigor in my jail.**

　하지만 내가 당신에게 갇혀 있으면, 나의 모든 것이
　**And yet thou wilt, for I, being pent in thee,**

　당신의 것인 이상 아무 소용이 없다.
　**Perforce am thine, and all that is in me.**

## 134

나는 내 친구가 당신의 것이라고 인정했고,
So, now I have confessed that he is thine

내 자신도 당신이 마음대로 할 수 있다고 했으니,
And I myself am mortgaged to thy will,

나 자신을 당신에게 바치나니, 나의 분신인 내 친구를
Myself I'll forfeit so that other mine

나의 위안이 되도록 나에게 돌려주기 바랍니다.
Thou wilt restore to be my comfort still.

당신은 거부할 터이니 내 친구의 자유는 없습니다.
But thou wilt not, nor he will not be free,

당신은 욕심이 많지만, 그는 정이 두텁습니다.
For thou art covetous, and he is kind;

그는 자신을 구속하는 계약에 나를 위해
He learned but surety-like to write for me

보증인으로 서명하는 그런 사람입니다.
Under that bond that him as fast doth bind.

이자놀이하는 고리대금업자인 당신이여,
The statute of thy beauty thou wilt take,

미모에 지불하는 재산을 손에 넣기 위해,
Thou usurer that put'st forth all to use,

당신은 나 대신 채무자가 된 친구의 권리를 행사코자 합니다.
And sue a friend came debtor for my sake;

나의 잘못으로 나는 친구를 잃게 되었습니다.
So him I lose through my unkind abuse.

　　나는 친구를 잃고, 당신은 나와 그를 얻었습니다.
　　Him have I lost; thou hast both him and me.

　　그는 부채를 다 갚았고, 나는 여전히 자유롭지 못합니다.
　　He pays the whole, and yet am I not free.

## 135

그녀의 소원이 무엇이든, 그녀는 '윌'*을 손에 넣었다.
Whoever hath her wish, thou hast thy Will,

그녀는 두 번째 '윌'을, 그리고 세 번째 '윌'도 차지했다.
And Will to boot, and Will I overplus.

언제나 그녀를 괴롭히던 나는 그녀의 '윌' 목록에
More than enough am I that vex thee still,

여분으로 또 하나의 '윌'도 추가했다.
To thy sweet Will making addition thus.

그녀의 '윌'은 크고 넓으니 한 번만 더
Wilt thou, whose Will is large and spacious,

나의 '윌'을 그 속에 넣어서 담뿍 싸다오.
Not once vouchsafe to hide my Will in thine?

다른 '윌'은 그녀의 은혜를 입고 만족하고 있다.
Shall Will in others seem right gracious,

나의 '윌'도 신바람 나게 그 속에 포함시켜다오.
And in my Will no fair acceptance shine?

바다는 온통 물이지만, 여전히 비는 오고 있다.
The sea, all water, yet receives rain still,

재화는 점점 불어나고 재물은 넘치고 넘친다.
And in abundance addeth to his store;

그대여, 넘치는 '윌'이지만, 그대의 '윌' 속에
So thou, being rich in Will, add to thy Will

나의 '윌'을 추가해서 그대의 '윌'을 더 크게 늘려라.
One Will of mine to make thy large Will more.

　무정하게 거절하며 나의 탄원을 말살하지 마라.
　Let no unkind, no fair beseechers kill.

　모든 것은 하나라 생각해서, 나를 하나의 '윌'로 받아라.
　Think all but one, and me in that one Will.

* 영국 속담에 "Women will have their wills"(여자들은 자신의 '윌'을 갖고 있다)라는 말이 있다. 'Will'은 여러 가지 뜻으로 해석 가능하다. 성서적으로 초인간적인 하느님의 의지를 의미하기도 하고, 인간의 의지를 의미하기도 한다. 남녀의 성기를 의미하기도 하고, 시인의 이름인 William의 약칭일 수도 있다. 셰익스피어는 네 가지 의미의 수수께끼를 내고 해답을 찾는 단어놀이를 독자와 관객에게 제기하고 있는 듯하다. 'Will'은 결국 셰익스피어 자신을 지칭하고 있다는 게 역자의 해석이다.

## 136

내가 너무 가까이 왔다고 그대 마음이 나무란다면,
If thy soul check thee that I come so near,

보이지 않는 마음에 맹세하세요, 내가 그대의 '윌'이라고.
Swear to thy blind soul that I was thy Will,

그런 '윌'이면 그대는 마음속에 '윌'을 간직할 것입니다.
And Will, thy soul knows, is admitted there,

그렇게 되면, 나의 사랑, 그 소원은 수락되었습니다.
Thus far for love my love-suit, sweet, fulfill.

'윌'은 사랑의 보고(寶庫)를 가득 채울 것입니다.
Will will fulfill the treasure of thy love,

수많은 '윌'로 가득한 보고에 나의 '윌'도 그중 하나입니다.
Ay, fill it full with Wills, and my Will one.

넓은 보고에서 수많은 재물 중 하나는
In things of great receipt with ease we prove

별 볼 일 없는 것으로 쉽게 입증됩니다.
Among a number one is reckoned none.

그대의 재산 목록 가운데, 나도 그중 하나이지만,
Then in the number let me pass untold,

수많은 재물 중 하나인 나를 가산(加算)하지 마세요.
Though in thy store's account I one must be.

나를 없는 것으로 생각하세요,
For nothing hold me, so it please thee hold

없는 나를 당신이 소중하게 생각해준다면 말입니다.
That nothing me, a something, sweet, to thee.

나의 이름만은 연인으로 항상 간직해주세요.
Making but my name thy love, and love that still,

그것이 나를 사랑하는 법도입니다. 내 이름이 '윌'이기에.
And then thou lovest me, for my name is Will.

## 137

눈먼 사랑의 신이여, 나의 눈에 무슨 짓을 했나요,
Thou blind fool, Love, what dost thu to mine eyes

눈은 보고 있지만 아무것도 비치지 않고 있으니?
That they behold and see not what they see?

이 눈은 아름다움을 알고, 그것이 어디 있는지 압니다.
They know what beauty is, see where it lies,

그런데, 가장 아름다운 것을 추한 것으로 생각합니다.
Yet what the best is take the worst to be.

내 눈이 편견으로 오염되어,
If eyes, corrupt by overpartial looks,

모든 사람이 배를 타는 항구에서
Be anchored in the bay where all men ride,

눈의 착오로 가짜 미끼를 사용해서
Why of eyes' falsehood hast thou forged hooks,

어째서 나의 판단력을 낚아채려 합니까?
Where the judgment of my heart is tied?

어째서 내 마음은 그곳이 넓은 공유지라고 인지하는데
Why should my heart think that a several plot

자신만의 사유지라고 우기는 것입니까?
Which my heart knows the wide world's common place?

내 눈은 이것을 보면서 이것은 아니라고 하는데,
Or mine eyes, seeing this, say this is not,

어째서 추한 얼굴에 아름다운 진실을 씌우려고 합니까?
To put fair truth upon so foul a face?

　내 눈과 마음은 진실을 잘못 보고,
　In things right true my heart and eyes have erred,

　거짓 병에 걸려 헤매고 있습니다.
　And to this false plague are they now transferred.

## 138

내 연인이 자신은 진실밖에 모르는 존재라고 말할 때,
When my love swears that she is made of truth

나는 그 말이 거짓인지 알면서 믿는다고 말을 한다.
I do believe her though I know she lies,

내가 아직도 거짓말 다루는 것을 모르는 철부지라고
That she might think me some untutored youth,

그녀가 생각하도록 만들기 위해서이며,
Unlearned in the world's false subtleties,

내 나이 청춘이 지났다는 것을 그녀가 알면서도,
Thus vainly thinking that she thinks me young,

내가 젊다는 헛된 생각을 그녀가 갖도록 만들기 위해서다.
Although she knows my days are past the best,

연인의 거짓말을 서로 믿으면서,
Simply I credit her false-speaking tongue;

두 사람은 서로 진실을 감추었다.
On both sides thus is simple truth suppressed.

그런데, 왜, 그녀는 자신의 거짓을 고백하지 않는가?
But wherefore say she not she is unjust?

그리고 나는 늙었다는 사실을 왜 말하지 않는가?
And wherefore say not I that I am old?

아, 그렇다, 연애 최고의 습관은 믿는 척하는 일이다.
O, love's best habit is in seeming trust,

나이 든 사람의 연애에는 나이 얘기가 금물이다.
And age in love loves not to have years told.

그래서 나는 그녀에게, 그녀는 나에게 거짓말한다.
Therefore I lie with her and she with me,

둘은 결점을 거짓말로 숨기면서 신나게 들떠 있다.
And in our faults by lies we flattered be.

## 139

당신의 무관심이 내 마음에 고통을 주는데,
O, call not me to justify the wrong

나를 불러내어 당신의 죄를 변명하지 마세요.
That thy unkindness lays upon my heart;

나를 괴롭히려면 눈으로 하지 말고 혀로 하세요.
Wound me not with thine eye but with thy tongue;

힘으로 하는 것은 좋으나, 잔꾀는 부리지 마세요.
Use power with power, and slay me not by art.

다른 남자를 사랑한다고 말하는 것은 좋으나,
Tell me thou lov'st elsewhere; but in my sight,

연인이여, 내 앞에서 다른 남자 곁눈질은 마세요.
Dear heart, forbear to glance thine eye aside.

당신의 힘은 나의 방어력보다 강력한데,
What need'st thou wound with cunning when thy might

이 손 저 손 다 쓰는 간교함은 부리지 마세요.
Is more than my o'erpressed defense can bide?

당신에게 할 수 있는 변명은 이렇습니다.
Let me excuse thee: ah, my love well knows

나의 연인의 아름다운 눈짓이 나의 적인 것을
Her pretty looks have been mine enemies;

그녀는 잘 알고 있기 때문에, 내 얼굴에서 그것을 멀리하고,
And therefore from my face she turns my foes,

다른 남자를 향해 필사적으로 그 화살을 겨누고 있다고.
That they elsewhere might dart their injuries.

제발, 그러지 마세요. 나는 빈사 상태입니다.
Yet do not so; but since I am near slain,

눈으로 즉시 나를 죽이고, 내 고통을 덜어주세요.
Kill me outright with looks, and rid my pain.

## 140

그대는 잔인하지만, 현명해지기를 바랍니다.
Be wise as thou art cruel; do not press

침묵하는 나의 인내심이 치욕감으로 고통을 받지 않도록 하세요.
My tongue-tied patience with too much disdain,

그렇지 않으면, 슬픔이 언어로 나타나고,
Lest sorrow lend me words, and words express

그 언어는 연민의 정에 목마른 나의 고통을 호소하게 됩니다.
The manner of my pity-wanting pain.

내가 그대에게 지혜를 베풀게 된다면, 연인이여,
If I might teach thee wit, better it were,

비록 나를 사랑하지 않아도, 나를 사랑한다고 말하게 됩니다.
Though not to love, yet, love, to tell me so,

성미 급한 환자가 죽음이 다가오면,
As testy sick men, when their deaths be near,

의사로부터 건강하고 괜찮다는 말만 듣고 싶어 할 것입니다.
No news but health from their physicians know,

만약에 내가 절망하면, 나는 즉시 미쳐버릴 것입니다.
For if I should despair, I should grow mad,

미쳐버린 나는 그대를 보고 악담을 늘어놓을 것입니다.
And in my madness might speak ill of thee.

모든 것을 나쁘게 왜곡하는 이 세상은 미친 듯 중상(中傷)하며,
Now this ill-wresting world is grown so bad,

미친 귀는 그것을 듣고, 믿게 됩니다.
Mad slanderers by mad ears believed be.

내 말을 믿는 그대가 중상을 받지 않기 위해
That I may not be so, nor thou belied,

자존심 때문에 옆길로 가더라도, 눈은 정면을 보세요.
Bear thine eyes straight, though thy proud heart go wide.

## 141

정말이지, 나는 눈으로 당신을 사랑하지 않습니다.
In faith, I do not love thee with mine eyes,

왜냐하면 눈은 많은 결점을 당신 속에서 보기 때문입니다.
For they in thee a thousand errors note;

나의 마음은 눈이 경멸한 것을 사랑합니다.
But 'tis my heart that loves what they despise,

눈은 무엇이든 보이는 것이라면 무턱대고 사랑합니다.
Who in despite of view is pleased to dote.

내 귀는 그대 목소리를 듣고 기뻐하지도 않습니다.
Nor are mine ears with thy tongue's tune delighted,

민감한 손끝은 당신의 피부에 닿지도 않습니다.
Nor tender feeling to base touches prone,

혀도, 코도, 당신을 맛보기 위해 당신과 함께
Nor taste, nor smell, desire to be invited

관능적인 향연에 동참하지 않습니다.
To any sensual feast with thee alone.

나의 다섯 감각과 다섯 지능도 당신을 섬기는
But my five wits nor my five senses can

어리석은 마음 하나 다스리지 못합니다.
Dissuade one foolish heart from serving thee,

나는 지배자 없는 꼭두각시 신세를 버리고,
Who leaves unswayed the likeness of a man,

당신의 오만한 마음에 순종하는 노예입니다.
Thy proud hear's slave and vassal wretch to be.

사랑의 고뇌로 얻는 유일한 이득은 나를 죄짓게 만든
Only my plague thus far I count my gain,

여인이 고뇌의 벌을 나에게 주는 일입니다.
That she that makes me sin awards me pain.

## 142

사랑은 나의 죄악이다. 증오는 당신의 본성이다.
**Love is my sin, and thy dear virtue hate,**

내 죄를 미워하는 것은 죄 많은 당신의 사랑 때문이다.
**Hate of my sin, grounded on sinful loving.**

나의 입장을 당신의 입장과 비교하면,
**O, with mine compare thou thine own state,**

지나치게 책망할 수 없게 될 것이다.
**And thou shalt find it merits not reproving,**

나를 문책해도 당신 입으로 듣고 싶지 않다.
**Or, if it do, not from those lips of thine,**

성스런 그 붉은 입술은 이미 더럽혀졌다.
**That have profaned their scarlet ornaments**

나의 입술처럼 거짓 사랑 증서에 날인하고,
**And sealed false bonds of love as oft as mine,**

타인의 침대에 들어가 수익을 새치기했다.
**Robbed others' beds' revenues of their rents.**

당신이 그들을 사랑하는 것처럼, 나도 당신을 사랑한다.
**Be it lawful I love thee as thou lov'st those**

당신의 눈이 사랑을 찾듯이 나도 당신에게 사랑을 청한다.
**Whom thine eyes woo as mine importune thee;**

당신의 마음에 자비심을 심어다오, 그것이 자라면
**Root pity in thy heart, that when it grows,**

당신은 타인의 자비심을 얻을 수 있게 될 것이다.
**Thy pity may deserve to pitied be.**

　당신이 숨기는 것을 사람에게 달라고 요구하면,
　**If thu dost seek to have what thou dost hide,**

　당신의 선례에 따라 당신은 거부당하게 될 것이다.
　**By self-example mayst thou be denied.**

## 143

심란한 가정주부가
Lo, as a careful huswife runs to catch

도망간 닭을 잡으려고 뛰쳐나갔다.
One of her feathered creatures broke away,

아기를 길바닥에 두고, 죽을힘을 다해
Sets down her babe, and makes all swift dispatch

뜀박질해서 어떻게 하든 잡아보려고 한다.
In pursuit of the thing she would have stay,

한편 버려진 아기도 엄마 뒤를 쫓는다.
Whilst her neglected child hold her in chase,

울면서 엄마를 붙들려고 하지만,
Cries to catch her whose busy care is bent

엄마는 달아나는 닭을 쫓느라 여념이 없어서,
To follow that which flies before her face,

가련한 아기의 불만을 돌볼 틈이 없다.
Not prizing her poor infant's discontent;

당신도 마찬가지다. 도망간 사람을 당신은 쫓고 있다.
So runn'st thou after that which flies from thee,

다른 한편으로, 아기처럼 나는 당신 뒤를 쫓는다.
Whilst I, thy babe, chase thee afar behind.

당신이여, 추구하는 목적이 달성되면, 나에게 돌아와요.
But if thou catch thy hope, turn back to me

어머니처럼 나에게 다정한 키스를 해주세요.
And play the mother's part: kiss me, be kind.

　당신이 돌아와서 나의 울음을 진정시키면,
　So will I pray that thou mayst have thy Will,

　당신이 '윌'을 소유하도록 나는 기원할 것입니다.
　If thou turn back and my loud crying still.

## 144

내게는 위안을 얻는 애인과 절망을 주는 애인, 둘 있다.
Two loves I have, of comfort and despair,

두 애인은 수호신처럼 나에게 끊임없이 속삭인다.
Which like two spirit do suggest me still.

착한 천사는 피부가 하얀 미남이다.
The better angel is a man right fair,

악령 쪽은 피부가 검은 험상(險相)의 여인이다.
The worser spirit is a woman colored ill,

악령 쪽 여인은 나를 지옥으로 끌고 가려고 한다.
To win me soon to hell my female evil

착한 천사를 내 곁에서 떼어내려는 유혹과,
Tempteth my better angel from my side,

음란하게 그의 순결을 건드리는 구애로,
And would corrupt my saint to be a devil,

나의 성자(聖者)를 악마로 타락시키려 한다.
Wooing his purity with the foul pride.

천사가 악마로 변한 것이 아닌가
And whether that my angel be turned fiend

나는 의심하지만 확실한 것을 알 수 없다.
Suspect I may, yet not directly tell;

두 연인은 나로부터 벗어나서 서로 사이가 좋아졌는데,
But being both from me, both to each friend,

남자 천사는 여자 악령의 지옥에 빠졌다고 추측한다.
I guess one angel in another's hell.

악령이 선령에게 나쁜 병을 옮겨서 그를 몰아낼 때까지,
Yet this shall I ne'er know, but live in doubt,

나는 이 일을 알지 못한 채 의심을 품고 살아갈 것이다.
Till my bad angel fire my good one out.

## 145

사랑의 여신이 직접 손으로 만든 저 입술이
Those lips that Love's own hand did make

그녀의 사랑에 권태감을 느낀 나에게
Breathed forth the sound that said "I hate"

"미워"라고 말했다.
To me that languished for her sake;

하지만, 내가 비탄에 빠져 있는 것을 보고,
But when she saw my woeful state,

순식간에 그녀 마음에 자비심이 생겨,
Straight in her heart did mercy come,

부드럽고 온정에 넘친 판결을 해오던
Chiding that tongue that ever sweet

그 입술을 엄하게 질책하게 되었다.
Was used in giving gentle doom,

놀랍게도 그녀의 인사말이 달라졌다.
And taught it thus anew to greet:

"미워"라는 말은 끝머리에 이르러
"I hate" she altered with an end

어두운 밤이 지나 다가오는 아침처럼
That followed it as gentle day

환하게 나타나서 밤은 악마처럼,
Doth follow night, who, like a fiend,

천국에서 지옥으로 도망치듯 사라졌다.
From heaven to hell is flown away,

"미워"는 증오심 없는 먼 곳에 내다 버리고,
"I hate" from hate away she threw,

이렇게 나를 구출했다. "당신은 아니고요."
And saved my life, saying "not you."

## 146

몸의 반란에 제압당한 죄 많은 육체,
Poor soul, the center of my sinful earth,

그 중심에 있는 가련한 영혼이여,
Pressed with these rebel powers that thee array,

어째서 그대는 외부를 사치스럽게 장식하면서,
Why dost thou pine within and suffer dearth,

내부는 쇠약해져서 굶주림으로 고생하고 있는가?
Painting thy outward walls so costly gay?

어째서 단기간 빌리는,
Why so large cost, having so short a lease,

노후(老朽)된 저택에 거금을 주고
Dost thou upon thy fading mansion spend?

지나친 투자를 상속하는 벌레들 먹이가 되는가?
Shall worms, inheritors of this excess,

그것이 당신의 육체가 감수하는 운명인가?
Eat up thy charge? Is this thy body's end?

그렇다면, 영혼이여, 당신의 하인들을 버리고 살아가세요.
Then, soul, live thou upon thy servant's loss,

하인을 굶기고 당신의 재화를 늘리세요.
And let that pine to aggravate thy store.

쓸모없는 시간을 팔고, 영원한 생명을 사세요.
Buy terms divine in selling hours of dross;

외부는 굶기고, 내부를 살찌우세요.
Within be fed, without be rich no more.

이렇게 해서 인간을 먹는 죽음을 당신이 먹습니다.
So shalt thou feed on Death, that feeds on men,

죽음이 죽으면, 더 이상의 죽음은 없는 것입니다.
And Death once dead, there's no more dying then.

## 147

나의 사랑은 열병과 같다.
My love is as a fever, longing still

병을 나쁘게 만드는 것을 갈망하고,
For that which longer nurseth the disease,

병을 지연시키는 음식을 들면서,
Feeding on that which doth preserve the ill,

터무니없이 병적인 식욕을 충족시키고 있다.
Th' uncertain sickly appetite to please.

이런 사랑을 고치는 의사는 나의 이성(理性)인데,
My reason, the physician to my love,

처방을 사용하지 않아서 화를 내고 나를 버렸다.
Angry that his prescriptions are not kept,

사력을 다해 나는 인정한다.
Hath left me and I desperate now approve

처방약을 거부하면, 욕망은 죽음이다.
Desire is death, which physic did except.

이성을 버리면, 병은 회복될 수 없다.
Past cure I am, now reason is past care.

나는 끊임없는 불안감으로 광란 상태이다.
And, frantic-mad with evermore unrest,

나는 멋대로 진실에서 멀리 떨어지고 있기 때문에,
My thoughts and my discourse as madmen's are,

나의 사색과 나의 언어는 미친 사람의 것이다.
At random from the truth vainly expressed.

　당신은 지옥처럼 어둡고, 한밤처럼 캄캄하지만,
　For I have sworn thee fair, and thought thee bright,

　나는 당신이 대낮처럼 밝고 아름답다고 생각한다.
　Who art as black as hell, as dark as night.

## 148

진실과 동떨어진 광경을 보았으니,
O me, what eyes hath love put in my head,

아아, 사랑은 나에게 어떤 눈을 주었는가!
Which have no correspondence with true sight!

보는 눈을 주었다면, 나의 판단은 어디로 갔는가,
Or if they have, where is my judgment fled,

눈이 올바르게 보고 있었는데, 잘못 판정했다니?
That censures falsely what they see aright?

부정확한 내 눈이 보고 아름답다고 한 것을,
If that be fair whereon my false eyes dote,

사람들이 그렇지 않다고 말한다니 어찌된 일인가?
What means the world to say it is not so?

만일에 잘못 보았다면, 사람들이 "아니다"라고 말하는
If it be not, then love doth well denote

것이 옳고 사랑이 본 진실은 거짓인 것이 입증된다.
Love's eye is not so true as all men's "no."

어떻게 하면 될까? 눈물과 비탄의 괴로움을 겪은
How can it? O, how can love's eye be true,

내 눈이 어떻게 진실을 볼 수 없게 되었을까?
That is so vexed with watching and with tears?

내가 잘못 봤다는 것이 옳다.
No marvel then though I mistake my veiw;

태양도 구름이 끼면 보이지 않는다.
The sun itself sees not till heaven clears.

교활한 사랑이여, 그대가 눈물로 내 눈을 흐리게 하는 것은,
O cunning love, with tears thou keep'st me blind,

그대의 결점을 쉽게 발견하지 못하게 하는 방책이로구나.
Lest eyes well-seeing thy foul faults should find.

## 149

아, 잔혹한 여인이여, 나는 나 자신을 적으로 삼고
Canst thou, O cruel, say I love thee not

당신 편에 섰는데, 나를 사랑하지 않습니까?
When I against myself with thee partake?

비정한 당신이여, 나 자신을 돌보지 않고,
Do I not think on thee when I forgot

당신에게 정성을 바쳤는데, 내가 당신 생각 않는다고요?
Am of myself all, tyrant, for thy sake?

당신이 미워하는 사람을 나는 친구로 삼지 않았습니다.
Who hateth thee that I do call my friend?

당신이 상을 찡그리는 사람에게 나는 아첨하지 않았습니다.
On whom frown'st thou that I do fawn upon?

당신이 나를 보고 얼굴을 찌푸리면,
Nay, if thou lour'st on me, do I not spend

자신에게 벌을 주면서 고통을 느끼며 신음했습니다.
Revenge upon myself with present moan?

이 몸은 온갖 미덕을 다 발휘해서
What merit do I in myself respect

당신에게 충성을 바쳤습니다.
That is so proud thy service to despise,

나는 당신의 눈동자에 조종되어,
When all my best doth worship thy defect,

당신의 결점까지도 숭배하고 있습니다.
Commanded by the motion of thine eyes?

　사랑하는 당신이여, 미워하세요. 나는 당신의 심정을 알았습니다.
　But, love, hate on, for now I know thy mind;

　당신은 눈이 밝은 사람을 좋아하는데, 나는 눈이 멀었기 때문이죠.
　Those that can see thou lov'st, and I am blind.

## 150

나의 결함을 포착해서 나를 완전히 지배하고 있으니,
O, from what power hast thou this powerful might

아아, 하늘의 어떤 힘이 당신에게 그런 강한 힘을 주었습니까?
With insufficiency my heart to sway?

이 때문에 진실을 보는 내 눈을 거짓말쟁이라고 불렀습니다.
To make me give the lie to my true sight,

그리고 한낮을 밝게 장식하는 것은 빛이 아니라고 했습니다.
And swear that brightness doth not grace the day?

추악한 것을 아름답게 만들고, 사악한 행위를 탐스럽게
Whence hast thou this becoming of things ill,

둔갑시키는 법을 어디서 얻어 왔습니까?
That in the very refuse of thy deeds

거기에는 상당한 재능의 힘이 있고 보장되어 있으니,
There is such strength and warrantise of skill

내 마음속에서 최악의 것이 최선의 것으로 전환되고 있습니다.
That in my mind thy worst all best exceeds?

당신의 말을 듣고, 당신을 바라보면 미워할 수밖에 없는데,
Who taught thee how to make me love thee more,

당신을 사랑하게 만드는 법은 누구로부터 전수받았습니까?
The more I hear and see just cause of hate?

아, 나는 다른 사람이 증오하는 것을 사랑하는데,
O, though I love what others do abhor,

당신은 남들과 함께 나를 싫어하지 않고 있네요.
With others thou shouldst not abhor my state.

당신의 결함이 나의 사랑을 불러일으켰으니,
If thy unworthiness raised love in me,

그만큼 나는 당신의 사랑을 받을 만합니다.
More worthy I to be beloved of thee.

## 151

사랑은 어려서 선악의 구분을 못 한다.
Love is too young to know what conscience is;

그러나 양심은 사랑에서 태어난다.
Yet who knows not conscience is born of love?

그러니 점잖은 배신자여, 나의 죄를 다그치지 말라.
Then, gentle cheater, urge not my amiss,

죄를 범한 것은 당신의 사랑 때문인 것을 몰라야 한다.
Lest guilty of my faults thy sweet self prove.

당신이 나를 배신했으니, 나도 당신을 배신했다.
For, thou betraying me, I do betray

나의 영혼을 비천한 육체의 반란에 넘겼다.
My nobler part to my gross body's treason.

영혼은 육체를 향해 사랑에 승리할 것이라고 말한다.
My soul doth tell my body that he may

육체는 더 이상 논란을 기다리지 않는다.
Triumph in love; flesh stays no farther reason,

그러나 육체는 자신의 이름이 거론되는 것을 보고,
But, rising at thy name, doth point out thee

용솟음치며, 자신의 승리로 영혼을 쟁취했다고 말한다.
As his triumphant prize. Proud of this pride,

자만심으로 들뜬 육체는 영혼의 노예가 되어,
He is contented thy poor drudge to be,

그 옆에서 죽겠다고 말한다.
To stand in thy affairs, fall by thy side.

비록, 그녀를 "연인"이라 부르고, 그 사랑 때문에
No want of conscience hold it that I call

일어나서 죽더라도, 양심이 없다는 말 하지 말라.
Her "love," for whose dear love I rise and fall.

## 152

나는 당신을 사랑했기 때문에 맹세를 지키지 않았습니다.
**In loving thee thou know'st I am forsworn,**

그러나 당신은 나를 사랑하면서 두 번 맹세를 깼습니다.
**But thou art twice forsworn, to me love swearing;**

부부의 맹세를 저버린 후, 새로운 연인을 얻으며,
**In act thy bed-vow broke, and new faith torn**

내가 싫어졌다고 다짐하면서 나와의 약속을 위반했는데,
**In vowing new hate after new love bearing.**

두 번의 깨진 맹세를 내가 비난할 수 있을까요?
**But why of two oaths' breach do I accuse thee**

나는 스무 번이나 맹세를 위반했는데? 나는 최고의 위증(僞證)자입니다.
**When I break twenty? I am perjured most,**

나의 위증은 모두 당신을 속이기 위해서였습니다.
**For all my vows are oaths but to misuse thee,**

그대와 나눈 나의 모든 맹세는 유실되었습니다.
**And all my honest faith in thee is lost;**

나는 당신의 깊고 따뜻한 사랑에 대해서 맹세했습니다.
**For I have sworn deep oaths of thy deep kindness,**

당신의 사랑, 진실, 정절에 대해서 맹세를 했습니다.
**Oaths of thy love, thy truth, thy constancy;**

당신을 빛나게 만들기 위해 나는 진실에 눈을 감았습니다.
**And to enlighten thee gave eyes to blindness,**

내 눈이 보고 있는 것과는 반대의 것에 나는 맹세를 했습니다.
**Or made them swear against the thing they see.**

나는 당신이 미인이라고 맹세했습니다. 진실에 반(反)하는
**For I have sworn thee fair; more perjured eye,**

어처구니없는 거짓말을 하다니 눈은 대단한 위증자입니다.
**To swear against the truth so foul a lie.**

## 153

사랑의 신 큐피드는 횃불을 옆에 놓고 잠이 들었다.
Cupid laid by his brand and fell asleep.

처녀신 다이아나를 섬기는 시녀는 이 광경을 보고
A maid of Dian's this advantage found,

사랑의 불꽃인 횃불을 들고, 근처에 있는
And his love-kindling fire did quickly steep

차가운 계곡물에 불꽃을 던졌다.
In a cold valley-fountain of that ground,

샘은 사랑의 거룩한 불꽃이 되어 영원히
Which borrowed from this holy fire of Love

쇠퇴 않는 활력에 넘친 뜨거운 열을 받아,
A dateless lively heat, still to endure,

끓고 넘치는 온천으로 변하고, 모두가 알고 있는
And grew a seething bath which yet men prove

난치병 환자의 치료소가 되었다.
Against strange maladies a sovereign cure.

사랑의 신 횃불은 사랑의 눈으로 다시 타올라,
But at my mistress' eye love's brand new fired,

소년 신은 시험 삼아 나의 가슴을 태웠다.
The boy for trial needs would touch my breast;

그 때문에 나는 병에 쓰러져서 온천의 도움을 얻고자
I, sick withal, the help of bath desired

다급한 병을 치료하는 요양객이 되었다.
And thither hied, a sad distempered guest,

그러나 치유의 효과는 없었다. 나에게 도움을 준 온천은
But found no cure. The bath for my help lies

사랑의 신이 새로운 불꽃이 되어 나의 연인의 눈이 되었다.
Where Cupid got new fire-my mistress eyes.

## 154

한때, 어린 사랑의 신 큐피드가 마음에
The little love-god, lying once asleep,

타오르는 횃불을 옆에 두고 잠에 들었다.
Laid by his side his heart-inflaming brand,

그곳에, 순결을 맹세하며 한평생 보낸다고
Whilst many nymphs that vowed chaste life to keep

맹세한 님프들이 가벼운 걸음걸이로 지나갔다.
Came tripping by; but in her maiden hand

그 가운데서 제일 예쁜 님프가 처녀 손에
The fairest votary took up that fire,

진심으로 불타는 횃불을 들고 나섰다.
Which many legions of true hearts had warmed;

불꽃같은 정열을 불태우는 어린 장군이
And so the general of hot desire

잠든 사이에 처녀로부터 무기를 빼앗겼다.
Was, sleeping, by a virgin hand disarmed.

그녀는 횃불을 차가운 샘물에 꺼버렸다.
This brand she quenched in a cool well by,

샘물은 신의 불꽃에서 영원한 열을 얻어,
Which from love's fire took heat perpetual,

그 결과로 샘물은 온천으로 변해서,
Growing a bath and healthful remedy

병든 환자들을 위한 치료소가 되었다.
For men diseased; but I, my mistress' thrall,

　사랑의 병을 얻은 나는 알게 되었다, 사랑의 불은
　Came there for cure, and this by that I prove,

　물을 뜨겁게 하고, 물은 사랑을 식히지 않는다는 것을.
　Love's fire heats water, water cools not love.

# 셰익스피어 소네트를
# 어떻게 읽을 것인가

이태주

## 1. 소네트 시의 전통

셰익스피어의 소네트 154편은 사랑을 주제로 삼고 있다. 그 사랑은 소네트 108에서 이렇게 표현된다.

> 사랑하는 임이여, 과거 하던 말을
> 낡았다 하지 않고, 매일, 매일, 성(聖)스런 기도로 되풀이하며,
> 처음으로 당신의 아름다운 이름을 찬양하던 때처럼,
> 당신은 나의 것, 나는 당신의 것.
> 이렇게 해서 영원한 사랑은 사랑의 신선함을 잃지 않고,
> 노령에 따라붙는 쇠약에도 끄덕 않고,
> 당연히 자리 잡는 주름살도 피하고,
> 노년을 항상 자신의 하인 삼고 있지요.
> 　　세월은 흘러 겉모습은 변하고 사랑이 사라진 듯하지만,
> 　　첫사랑이 눈뜬 자리는 계속 살아남는 것을 봅니다.

그 사랑은 '시간의 도전자(the defier of time)'이다. 무엇으로 "시간의 폭력

(time's tyranny)"(115)에 도전하는가. 시(詩)에 의한 영구화(perpetuation)이다. 소네트 15는 그 뜻을 전하고 있다.

> 파괴적인 "시간"이 "쇠퇴"와 힘을 합쳐
> 청춘의 낮을 더러운 밤으로 변하게 한다.
>   당신의 사랑을 위해 나는 전력으로 "시간"과 싸워서,
>   시간이 탈취하는 당신의 목숨을 나는 시를 통해 부활시킨다.

서양 문학에서 연애시의 역사는 깊다. 고대 그리스의 여류 시인 사포(Sappho, BC 630?~?)는 열렬한 사랑의 시를 남겼다. 로마 아우구스투스 시대의 시인 호라티우스(Horatius, BC 65~8)는 술, 자연, 사랑의 시를 썼다. 같은 시대 오비디우스(Ovid, BC 43~AD 17?)는 그리스 신화를 소재로 『변신 이야기(Metamorphoses)』(AD 7~8)를 냈다. 신들의 사랑을 받은 인간이 별, 나무, 동물로 변신하는 내용을 담은 그의 시는 사랑의 이야기로 가득했다. 르네상스 시대에는 헬레니즘의 전통과 중세의 성배 전설, 기사도의 로맨스, 기독교 신앙 등이 중첩되어 사랑의 시는 내용이 더욱더 풍성해졌다.

압운(押韻) 14행시 소네트는 12세기 초, 신성로마제국 황제 프리드리히 2세(1194~1250)의 시칠리아 궁전에서 시작되었다. 르네상스 시대 소네트는 새로운 서정시로 발전되어 14세기 이탈리아에서 단테(Dante, 1265~1321)는 그의 연인 베아트리체(Beatrice)를 사모하며 『신곡(新曲)』을 썼다. 그와 함께 여타 시인들의 소네트 형식의 시는 유럽 여러 나라에 유입되어 16세기 유럽 시단은 뜻밖의 성수기를 맞이하게 된다. 이탈리아의 시인 프란체스코 페트라르카(Francesco Pedrarch, 1304~1374)는 그의 연인 라우라(Laura)를 그리며 사랑을 노래한 시집 『칸초니엘레(Canzoniere, 속세시편)』를 세상에 내놓았다. 그 시는 아름다운 자연 풍경과 고전 신화, 그리고 이상적인 여인상 등을 표현해서 경악과 찬탄의 대상이 되었다. 중세를 벗어나서 르네상스 시대가 열리면서 세계관이 달라지고, 인간의 사랑이 여러 측면에서 조명되는 희한한 세상에서 큐피드는 신선한 사랑의 이미지로 독자들의 감성을 자극하고 있었다.

르네상스 시대 영국의 헨리 8세 궁전에 페트라르카를 옮긴 영국의 시인은 프랑스와 이탈리아를 방문했던 토머스 와이엇 경(Sir Thomas Wyatt, 1503?~1542) 과 헨리 8세와 함께 프랑스 궁정에서 이탈리아 문학에 접했던 서리 백작(Earl of Surrey, Henry Howard, 1517~1547), 그리고 그 시대에 프랑스, 독일, 오스트리아, 이탈리아에 머물면서 문화를 교류했던 시인 필립 시드니 경(Sir Philip Sydney, 1554~1586)이었다. 그의 시 「아스트로필과 스텔라(Astrophil and Stella)」(1591)는 소네트 형식의 시로 명성을 떨쳤으며, 새뮤얼 대니얼(Samuel Daniel)의 시 「델리아(Dellia With the Complaint of Rosamond)」(1592)도 이에 가세했다. 헨리 컨스터블(Henry Constable)의 시 「다이애나(DIANA)」(1594), 마이클 드레이튼(Michael Drayton, 1563~1631), 에드먼드 스펜서(Edmund Spenser, 1552~1599) 등도 소네트 시집을 연달아 간행했다.

엘리자베스조 시대인 튜더 중반기의 영국 사회는 급변하면서 프로테스턴트 종교로 가는 과정에 있었다. 국가 융성의 신바람 나는 런던에 돌풍처럼 천재적인 셰익스피어가 나타났다. 당시 르네상스 영국인들은 그 무엇으로도 설명할 수 없는 위대한 극작가 앞에서 망연자실했다. 셰익스피어는 '영국의 호메로스'였다. 타고난 '지혜'의 본체였다. 그는 자신의 법칙을 스스로 만들어냈다. 그는 세상 모든 법칙의 예외적 존재였다. 그가 소네트를 발표하더니, 1590년 한 해 동안에 1,200편의 소네트가 인쇄되어 유포되면서 1950년대 초기와 중기에 소네트는 영국 시단의 대세가 되었다. 1598년, 셰익스피어의 소네트 원고의 존재를 알린 것은 목사 프랜시스 메레스(Francis Meres)였다. 그의 책 『Palladis Tamia』에서 "친구들 간에 셰익스피어의 소네트가 읽히고 있다"는 사실이 언급되었다. 이듬해 인쇄된 『열렬한 순례(Passionate Pilgrim)』(1599)는 당대 시인들의 사화집(詞華集)인데, 그 속에 셰익스피어의 시가 다섯 편 수록되었고, 두 편(소네트 138, 144)은 1609년판 『셰익스피어 소네트』 시집에 재수록되었으며, 나머지 세 편은 〈사랑의 헛수고(Love's Labour's Lost)〉(1594~1695) 4막에서 인용한 것이었다.

셰익스피어의 소네트는 1인칭 목소리로 시인의 정감 어린 사랑의 심정을 우정 어린 편지로 젊은이에게 전달하며 단연 돋보였다. 전편에 짙게 표현된 좌절과 승리의 인간관계는 '검은 여인'과 '경쟁 시인'이 등장하면서 소네트의 플롯은 도입과 전개와 위기(crisis)를 지나 용서와 화해로 종결된다.

1597년 이후 소네트의 열기가 식으면서 시집 출간은 뜸해지고, 셰익스피어는 희곡 창작에 열중하게 되었다.

## 2. 셰익스피어 소네트의 창작과 출판

시집 『셰익스피어 소네트』는 1609년 출판업자 토머스 소프(Thomas Thorpe)에 의해 출판되었다. 이 책은 저자의 인증(認證)이 없었다. 셰익스피어의 헌사도 없이 출판인이 "Mr. W.H."에게 바친다는 말만 적혀 있다.

셰익스피어의 소네트 창작은 1592년에서 1594, 95년으로 추정된다. 런던에 전염병이 유행해서 극장 문을 닫았던 시기가 1592년과 그 이듬해였다. 〈비너스와 아도니스〉(1593)와 〈루크리스의 겁탈〉(1594)이 발표된 시기와도 맞물리고 있다. 1593년과 1596년 사이에 썼다는 설도 있다. 소네트 107은 1603년에 쓴 것이라고 생각된다. 그 이유는 1603년 엘리자베스 여왕이 사망하고, 제임스 1세가 즉위했기 때문이다. 그 내용이 이 시에 암시되어 있다. 셰익스피어 친구들 사이에서 시집 원고가 사적으로 회람(回覽)되었다는 사실이 메레스 목사의 간행물(1598년 10월)에서 알려지고, 소네트 104는 셰익스피어가 그의 친구를 만나서 3년이 지났음을 언급하고 있는데, 이 내용도 창작 연도를 결정하는 데 참고가 된다.

셰익스피어의 소네트는 끊임없는 찬탄과 풀리지 않는 의문으로 논란의 대상이 되고 있다. 언제 집필되었는가? 누구에게 헌정되는가? 자서전인가 상상적인 허구인가? 셰익스피어는 동성애를 하고 있는가? '검은 여인'은 누구인가? 셰익스피어의 연인인가? 소네트에서 언급된 '경쟁 시인'은 누구인가? 헌사의 대상으로 꼽을 수 있는 인물은 셰익스피어가 〈비너스와 아도니스〉와 〈루크리스의 겁탈〉을 헌정한 사우댐프턴 백작인가?

사우댐프턴 백작은 1593년 20세의 젊은이요, 그의 두문자(頭文字)는 W.H.가 아니라 H.W.였다. 『셰익스피어 소네트』(1964, 1973, 1984)의 저자인 로즈(A.L. Rowse)는 서론에서 Mr. W.H.는 고관대작이 아니라고 주장했다. 그 이유로 귀족을 호칭할 때는 이름 앞에 'Mr.'를 붙이지 않는다고 했다. Mr.는 knight(훈작사, 기사)를 호칭할 때 쓸 수 있는데, 아마도 사우댐프턴 백작 측근 가운데서 원고를 입수한 출판인의 친구일 것이라는 추측이다. Mr. W.H.는 셰익스피어가 시에서 언급한 '젊은이'가 아니라고 로즈는 주장한다. 사우댐프턴 백작의 모친은 윌리엄 하베이 경(Sir William Harvey)과 세 번째 혼례를 올렸다. 1607년 모친 사망 후, 전 재산이 사우댐프턴에게 유증(遺贈)되었다. 1608년 사우댐프턴 백작은 코델리아 아네슬리(Cordelia Annesley)와 결혼했다.

헌사의 대상으로 떠오른 또 다른 인물인 윌리엄 허버트(William Herbert)는 셰익스피어의 동료들이 1623년 발간한 『셰익스피어 전집』(First Folio)을 헌정한 펨브로크 백작(Earl of Pembroke)이다. 헨리 윌로비(Henry Willobie)도 물망에 올라 있다. 그는 1594년 시집을 출간하고, "절친한 친구 윌리엄 셰익스피어"를 언급하고 있으니 W.H.는 그를 가리킨다고 주장하는 학자도 있다.


## 3. 경쟁 시인들

당시 셰익스피어와 겨루던 '경쟁 시인'들은 조지 채프먼(George Chapman), 대니얼(Samuel Daniel), 드레이튼(Michael Drayton), 반스(Barnabe Barnes) 등이다. 로즈는 크리스토퍼 말로(Christopher Marlowe, 1564~1593)를 꼽고 있다. 그는 사우댐프턴 백작의 후원을 기대하는 셰익스피어의 적수였다. 이 일에는 말로가 셰익스피어를 앞질렀다. 그와의 경쟁 문제가 소네트 78, 86에 나타나 있다. 말로는 빈곤한 가정에서 태어나 파커 대주교의 장학금으로 케임브리지대학교에 입학해서 목사직을 꿈꾸던 야심찬 청년이었다. 셰익스피어는 부친이 사업에 성공해서 시장(alderman)을 역임했으나 후에 사업 실패로 몰락한 가정 출신으로 간신히 초등교육을 마친 가난뱅이 청년이었다. 말로는 독신이었다. 셰익스피어보다 두 달 먼저 태어난 말로가 한발 앞서서 명작 『탬벌린 대왕(Tamburlaine the Great)』으로 이름을 날렸다. 당시에는 말로의 작품이 셰익스피어보다 더 인기가 있었다. 이들은 극작가로서 동등한 사이가 아니라 격차가 났기 때문에 셰익스피어는 분통이 터졌을 것이다. 그런데 갑자기 말로가 사라졌다. 1593년 5월 31일, 뎁퍼드(Deptford)라는 술집에서 싸움 끝에 그는 사망했다. 소네트 86은 셰익스피어의 조사(弔辭)이다. 말로의 미완성 작품 〈헤로와 레안더(Hero and Leander)〉는 셰익스피어의 〈비너스와 아도니스〉와 경합하고 있었는데, 사우댐프턴 백작을 찬양한 아도니스는 레안더이기도 했다.

## 4. '검은 여인' 은 누구인가?

시 후반부에 나오는 '검은 여인(Dark Lady)'은 1601년 펨브로크 백작의 아이를 회임한 궁전 시녀 메리 피튼(Mary Fitton)이라는 설이 있지만, 검은 여인의 실체는 에밀리아 레이니어(Emilia Lanier)로 알려져 있다. 1592년, 그녀는 23세요, 사우댐프턴 백작은 19세였다. 그녀는 성적으로 조숙하고, 오만하며, 강인한 성격을 지니고 있었다. 변덕스럽고, 신경질적이며 일관성이 없었다. 그녀는 장시(長詩)를 써서 책으로 펴냈다. 당시에는 메리 시드니(Mary Sidney) 다음가는 명성을 누렸다. 그녀는 타고난 시인이었다. 성서와 고전문학에 관한 해박한 지식을 지니고 있었다. 에밀리아는 당당히 자신의 의견을 발표하는 당대의 페미니스트였다. 콜리지(Samuel Taylor Coleridge)도 그의 『셰익스피어 비평론』에서 언급했던 것처럼 엘리자베스조 시대 여성은 교육과 사회활동에 있어서 남성에 비해 극심한 차별을 겪고 격하되었다. 당시 그녀의 활동은 오늘날의 여성해방 운동가를 연상시킨다. 그녀는 당대 어떤 여성도 따라갈 수 없는 지성과 학력을 지니고 있었다. 『에밀리아 레이니어 시집』은 희귀본으로서 전 세계에 현재 여섯 권 남아 있다. 세 권은 영국에, 세 권은 미국에 있다. 왜 그녀의 시집이 세상에 알려지지 않고 매몰되었는지 그 이유를 알 수 없다. 소프의 『셰익스피어 소네트 시집』도 수백 년 동안 침묵을 지키며 지하에 묻혀 있었다. 셰익스피어는 당대 유명 작가임에도 불구하고 그렇게 된 사정을 우리는 알 수 없다. 셰익스피어도, 사우댐프턴 백작도, 에밀리아도 그들의 얽히고설킨 내밀한 사랑을 세상에 알리고 싶지 않았을 것이라는 추측은 할 수 있다. 저명한 셰익스피어 학자 도버 윌슨(J. Dover Wilson)은 젊은이들의 수치스런 행위를 보여주는 이 시집은 쉽게 공개될 수 없는 "은밀하고도 사적인 소네트"라고 단정했다.

셰익스피어는 검은 여인을 소네트 127과 152에서 소재로 삼고 있다. 소네트 34에서는 사우댐프턴 백작이 결혼을 기피하면서도 유독 검은 여인에 끌리는 미묘한 상황을 전하고 있다. 소네트 35에서는 "나로부터 내 것을 사정없이 훔쳐가는 사랑스런 도적인" '젊은이'에게 시인은 고통스럽고도 무서운 메시지를 보내고 있다. 그의 혹독한 책망에 '젊은이'는 눈물을 흘리며 후회하고 우정을 다짐한다. 시인은 검은 여인을 "악의 여인"(소네트 144)이라고 일갈했다. 사우댐프턴 백작의 서클에 속하는 그 여인의 사회적 위상은 높았지만 성격은 자유롭고 분망(奔忙)했다. 이른바 〈사랑의 헛수고〉의 로잘라인(Rosaline)에 어울리는 인물이다. 사우댐프턴 백작은 작중의 퍼디난드 왕(Ferdinand, King od Navarre) 역할이 맞고, 셰익스피어는 베론(Berowne)이 적격이다.


## 5. 소네트의 전기적 요소

갖가지 의문에도 불구하고, 셰익스피어 소네트의 서정적 아름다움과 우아한 리듬, 황홀한 시어의 의미, 기발한 착상과 무한한 상상력, 독창적인 구조와 표현양식은 전 세계 독자들을 400년 넘는 동안 매료하고 감동시키고 있다. 그의 시가 불러일으키는 도덕적이고 미학적 명상은 그 시대 다른 시와는 비교될 수 없는 깊이와 정교함을 지니고 있다. 오스카 제임스 켐벨(Oscar James Campbell)과 에드워드 퀸(Edward G. Quinn)이 공동 편집한 『셰익스피어 백과사전(Shakespeare Encyclopaedia)』(1974)에서는 소네트 시집에 대해서 이렇게 말했다.

시간의 정복은 로마 시대에는 전승(戰勝)을 의미했지만, 페트라르크에 이르러 그 의

미는 죽음, 명성, 시간, 생의 종말, 영원성 등의 주제로 바뀌었다. 셰익스피어는 이 가운데서 시간이 주는 '변화'의 비극적 결말을 상상하며 '시간'의 정복을 주제로 다루었다.

조지 찰머스(George Chalmers)는 『A Supplemental Apology for the Believers in the Shakespeare-papers』(1799)에서 말했다.

그의 창조적 노력으로, 시인 스펜서가 전력을 기울여 같은 분야에서 이룩한 업적에도 불구하고 셰익스피어는 시인의 진정하고 위대한 가치에 있어서 눈부신 경쟁자로부터 승리를 쟁취하고 있는 듯하다. 셰익스피어는 수많은 명문구의 구절과 우아한 시행(詩行)으로 돋보이고 있다.

새뮤얼 테일러 콜리지(Samuel Taylor Coleridge)는 『A Supplemental Apology for the Believers in the Shakespeare-papers』(1799)에서 적절한 평을 내렸다.

셰익스피어의 소네트는 사랑에 깊이 빠진 인간, 여성을 사랑한 인간에서 나온 시다.

바렛 웬델(Barrett Wendell)은 『Elizabethan Lterature』(1894)에서 특이한 해석을 하고 있다.

소네트는 셰익스피어의 희곡에 접한 사람들에게는 전혀 다른 셰익스피어의 인간상을 깨닫게 해준다. 비록 그의 시는 그의 인생에 관한 사실을 전하지 못하고 있더라도, 소네트는 시인의 내면적 진실에 관해서 많은 것을 시사하고 있다. 예술적 기질이나 기교를 지니지 않고서는 이런 시를 쓰지 못할 것이다. 고뇌에 대한 지식이 없이는 이런 정감이나 열정을 표현할 수 없을 것이다. 정신적 고뇌의 깊이를 알 수 있었기에 셰익스피어는 소네트를 쓸 수 있었다. 희곡에서 보인 셰익스피어와는 전혀 다른 셰익스피어를 소네트는 보여주고 있다.

베네데토 크로체(Benedetto Croce)는 『Ariosoto, Shakespeare and Corneille』

(1920)에서 셰익스피어의 전기적 미스테리를 언급하고 있다.

> 셰익스피어는 시인이 되기를 포기하지 않는다. 왜냐하면 그는 결코 자신을 벗어나
> 지 않기 때문이다. 시 곳곳에 사상을 담고, 감정의 형상을 뿜어대고 있다. 그는 자신의
> 특이한 조화, 너무나 섬세하고 심원한 영혼의 움직임을 보여주고 있다. 이런 것이 소
> 네트에 대해서 전기적 미스테리를 부착(附着)시키고 있다. 그의 소네트에는 숨겨진 도
> 덕률과 철학적 감각이 있다. 소네트 54, 5~12행을 읽어보면 알 수 있다. 이 시에는 서
> 정적 정서, 뛰어난 도덕적 감흥, 풍성한 심리적 암시가 들어 있다.

소네트가 셰익스피어의 숨겨진 과거사를 다루고 있다면, 젊은이와 매혹적
인 여인의 관계는 전기 연구의 대상이 되고, 셰익스피어의 내면세계를 엿볼
수 있는 창문의 기능을 다할 수 있다. 셰익스피어는 1564년 4월 23일 태어나
서 1616년 4월 23일에 사망했다. 그는 1582년 18세 때 8세 연상의 앤 해서웨이
(Anne Hathaway)와 결혼해서 장녀 수잔나(Susanna, 1583)와 쌍둥이 남매 주디
스(Judith)와 햄닛(Hamnet, 1585)을 얻었다. 1586년 스물두 살 된 셰익스피어
는 고향 스트랫퍼드를 떠나 런던으로 가서 1592년 극작가로 성공할 때까지 무
엇을 하고 지냈는지 알 수 없다. 이른바 '잃어버린 7년'이다. 셰익스피어는 초등
교육 과정인 그래머스쿨을 다녔다고 하는데, 그 이후의 교육 경력에 대해서는
아무런 추적도 할 수 없다. 셰익스피어가 남긴 편지는 한 통도 없다. 친교에 관
한 기록도 거의 없다. 그의 작품을 통해 우리는 그가 성경을 비롯해서 베르길리
우스, 오비디우스, 플루타르크, 홀리셰드 등의 저작물에 접하고 자연, 천문, 지
리, 외국, 박물학, 군사 등 인간사와 사회 전반에 관해 광범위한 지식을 갖고 있
었다는 것을 알 수 있다. 셰익스피어 학자 캐롤라인 스퍼존(Caroline Spurgeon,
1869~1942)은 이런 문제를 해결하기 위해 명저(名著) 『셰익스피어의 이미저리
(Shakespeare's Imagery)』(1935)를 썼다. 그녀는 셰익스피어 작품에 사용된 이미
저리를 분석하고 연구해서 셰익스피어의 개성, 취미, 사고 형태 등을 추리하여
셰익스피어는 어떤 인간이었는가를 상상하고 해명했다. 『셰익스피어 비극론』
의 저자 브래들리(A.C. Bradley)는 그의 「옥스퍼드 시론 강연(Oxford Lectures on

Poetry)」(1909)에서 셰익스피어 인간상(人間像)의 문제를 논하면서 소네트에 관해서 흥미 있는 지적을 했다.

소네트는 우정과 사랑에 관한 서정시이다. 셰익스피어는 그의 시 속에서 구체적으로 자신의 인간성을 말하고 자신의 감정을 표현하고 있다. 소네트는 때로 인습적이고 과장된 언어로 표현되고 있어도, 작자에 관해서 뭣인가 이야기를 하고 있다. 소네트는 인간 셰익스피어를 확실히 우리에게 전달하고 있다.

셰익스피어의 인간적 실체에 대한 연구와는 다르게 언어와 이미저리(imagery)의 상관관계를 연구해서 시 자체의 예술적 의미와 도덕적 가치를 분석하는 학자도 있다. 이 가운데 대표적인 존재는 헬렌 벤들러(Helen Vendler)이다. 그녀는 역저(力著)『셰익스피어 소네트의 예술(The Art of Shakespeare's Sonnets)』(1997)의 저자이다. 벤들러는 주장했다.

오늘날의 셰익스피어 비평은 사회적이며 심리적인 측면에 기울어 있다. 그러나 셰익스피어는 고독한 언어를 구사하는 시인이다. 서정시는 나이, 지명, 성, 계층, 종족 등의 사회적 명세(明細)를 대부분 제거하고 있다. 서정시의 진정한 '배우'는 작중의 극적인 인물이 아니라 '어휘(words)'가 된다. 셰익스피어의 소네트는 무엇이며, 우리는 소네트를 왜 시라고 부르는가? 소네트는 놀랄 만한 언어적 장치(verbal contraption)의 소산이기 때문이다.

나는 소네트를 서정시로 접근한다. 사념과 구조와 언어가 어떻게 함께 모아져서 시가 성공적으로 형성되었는지에 관해서만 관심이 있다. 시가 지닌 '의미'만을 캐려고 하는 해석 방법은 잘못 가고 있다. 나는 소네트의 의미심장한 특징으로서 상상, 구조, 의미론, 구문론, 음소론, 문자 등의 측면을 살펴보려고 한다. 이 모든 것이 결합되어 어떤 미학적 결과를 성취하는지 나는 알아보고 싶다.

셰익스피어는 어떤 시인인가? 그 의문에 대한 답을 얻기 위해 소네트 54를 읽어보라고 벤틀리는 권하고 있다. 시 초반을 읽어보면 셰익스피어는 고도의 감각적 취향의 시인임을 알게 된다. 시 후반부 장미 부분을 읽으면 인간의 악과 선, 내면과 외면의 대조를 보여주는 작가의 도덕적 양심을 접하게 되고, 그의 경고에 귀를 기울이게 된다. 그의 시는 언어와 도덕의 신묘(神妙)한 결합이다. 벤들러는 셰익스피어 소네트를 제대로 감상하기 위해서는 소리를 내어 낭독해야 된다고 말한다. 벤들러는 그의 저서 말미에 자신이 낭독한 소네트 CD를 첨부하고 있어서 감상할 수 있다. 셰익스피어 학자 최재서는 그의 노작 『셰익스피어 예술론』에서 말했다.

셰익스피어의 극예술이 어떤 성질의 것인가를 알려는 사람은 먼저 그의 시(詩)들을 읽는 것이 좋을 것이다. 셰익스피어의 시는 음악성과 회화성(繪畫性)을 결합하기 때문에 일단 독자를 주간적인 '센티멘트(sentiment, 정감)'의 세계로 끌고 들어가지만, 결국 지성의 분리 작용으로 말미암아 독자로 하여금 객관적인 세계를 정관(靜觀)케 한다. 헤즐릿(William Hazlitt)은 셰익스피어가 주제보다도 운문(韻文) 즉 표현 수단에 더 많은 관심을 갖고 있었다고 말했다.

## 6. 시의 주제

셰익스피어의 소네트는 세 가지 유형으로 분류된다. 소네트 전반 1~126은 친구에게 보낸 편지 형식의 서정시다. 그 친구는 젊고 아름답다. 소네트 108에서 묘사된 '매력적인 사람(sweet boy)'은 소네트 126에서 '나의 사랑스런 젊은이(my lovely boy)'로 변하고 있다. 셰익스피어는 그 젊은이의 나이와 사회적 위상(36, 87, 111, 117)의 차이가 그들 사이의 큰 장해물이 된다고 비관한다. 첫 17개의 소네트는 젊은이에게 결혼을 권하면서 그의 매력을 자손을 통해 보존하도록 설득하고 있다. 이 주제는 그 후 되풀이되지 않고 소멸된다. 소네트 40~42에서 젊은이가 시인의 애인을 가로챈 일을 용서하고 있다. 소네트 95를 보자.

어떻게 치욕을 달콤하고 아름다운 것으로 만듭니까,
향기로운 장미꽃 속에 숨어 있는 해충이
피어나는 당신의 아름다운 명성을 파먹고 있는데!
아아, 당신은 죄악을 아름다운 옷자락에 감추고 있네요!

후반(127~152)은 '검은 여인'에게 보낸 시편(詩篇)으로 구성되어 있다. 그 여인을 시인은 사랑했으나 경멸하고, 그 여인을 사랑한 자신에 대해서 깊이 책망하고 있다. 소네트 152에서 시인은 그 여인이 부부의 맹세를 저버린 후 새로운 연인을 얻었다고 비난하고 있다. 소네트 133에서 그 여인은 원망의 대상이다.

나와 나의 친구들에게 안긴 아픔 때문에,
나를 몹시 고통스럽게 만든 당신은 저주를 받아야 한다.
나 혼자 그 아픔을 받아들이면 안 된단 말인가.
나의 다정한 친구까지 노예로 만들어야 하는가?

소네트 144는 시인에게 '위안과 절망을 주는' 두 애인이 있다는 것을 고백하고 있다. 악령인 '검은 여인'과 착한 천사인 '젊은 친구'이다. 소네트 153, 154 두 편의 시는 사랑의 신 큐피드를 다루고 있다. 소네트에는 젊은 친구와의 우정, 그가 숙적으로 여기는 경쟁 시인, 한 여인을 둘러싼 삼각관계, 그로 인한 질투심과 적개심이 고통스럽게 표현되고 있다. 시인은 여인의 배신을 알면서도 친구를 용서하지만, 그러나 상심은 깊어만 간다. 시인은 여인의 욕정과 배신을 질타한다. 시인은 종국에 이르러 여인과의 관계를 끊고, 친구와 돈독한 우정을 회복한다. 소네트 40~42와 144를 보면 사랑의 삼각관계만이 아니라 전체 시를 압축하는 기능도 수행하고 있다. 남녀 간 삼각관계는 영국 르네상스 시대 소네트에서는 쉽게 찾아볼 수 없는 특이한 내용이다. 이런 애정 행위를 이해하기 위해서는 현대의 사랑과 영국 16, 17세기의 애정 행태가 다르다는 것을 알아야 한다. 현대에는 남녀 간 이성관계, 또는 남성 간, 여성 간 2인의 동성 관계가 있는데, 엘리자베스 왕조 시대는 한 사람의 성(性)에 세 가지 젠더(gender) — 여성(fenminine), 남성(masculine), 중성(neuter)이 공존하고 결합하고 있었다. 양성구유(兩性具有)는 성적 대상으로서의 사춘기 소년이었다. 셰익스피어 무대에는 여성이 등장하지 못했기 때문에 소년이 여성으로 분장해서 연기를 하는 것이 관행이었다. 셰익스피어 소네트에 표현된 동성애는 이런 시대적 배경을 반영하고 있다. '동성애'라는 단어와 개념은 셰익스피어 시대에 찾아볼 수 없다. 남녀관계는 착취와 폭력에 권력이 개입하는 일이 많아서 그런 관계를 초월하는 정신적 사랑의 대상으로 사춘기 소년을 탐하는 경우가 있었다. 남녀 간 사랑과 욕망은 항상 국가의 법과 사회적 도덕률에 의해 통제를 받았기 때문에 연인들 사이의 갈등, 배신, 이별은 지옥의 고통이었다. 그 속박에서 벗어나는 사랑의 자유를 셰익스피어는 소네트의 열린 공간에서 표현하고 싶었을 것이다. 17세기 영국의 시인이며 목사였던 존 던(John Donne)은 소년에 대한 성의식은 "성에 대한 죄악"이라고 말했지만, 소네트에서 시인이 젊은이에게 느끼는 사랑은 이성 간의 열정과는 다른 고도로 승화된 우정이었다. 이런 경향은 르네상스 시대 대표적인 문인들 — 몽테뉴, 라일리, 시드니, 스펜서 등의 작품에서도 공통적으로 나타나는 것으로서 그런 유대감은 남성들의 특권으로 인식되었다.

사랑의 주제와 관련해서 주목해야 되는 것은 '사회'에 대한 셰익스피어의 내면의식이다. 이는 소네트 71, 72, 90, 112, 124, 125 등에 나타나 있다. 시인은 젊은이에게 사회여론을 의식해야 된다(소네트 71, 72)고 강조하면서, 자신은 사회의 비난과 검열(소네트 121)을 쉽게 용납하지 않는다고 토로한다. 청년에 대한 사랑은 자신의 예술 후원자에 대한 우정의 표현일 수도 있다. 그러나 '검은 여인'에 관해서는 정신적 사랑으로부터 일탈해서 성적 행위를 암시하는 또 다른 측면도 있다. 소네트 127과 129의 욕망과 광기는 131에 이르러 "검은 여인이 폭군처럼 행동하고, 미모를 내세우며 잔혹해진다"로 발전된다. 시인은 이미 소네트 34~35, 40~42에서 젊은 친구와 여인과의 관계를 의심하며 불쾌한 심정을 털어놓은 적이 있다.

소네트에서 언급된 "사용(use)"이라는 단어는 14세기 영국에서 여성을 '성적으로 이용한다(employ sexually)'로 풀이되었다. 이 당시 영국의 여인들은 남권(男權) 우위 사회에서 남성에 대한 순종을 미덕으로 삼고 있었다. 당시는 여성의 교육과 사회 진출이 엄하게 규제되고 있었다. 헨리 8세의 다섯 번째 왕비 캐서린 하워드는 "헨리 왕이 나체로 내 옆에서 남자가 아내에게 하는 방법으로 여러 차례 '나를 사용했다(used me)'라고 말했다. 소네트 40에서 셰익스피어는 '검은 여인'과의 성적 교섭을 '그대가 사용하는(thou susest)'이라고 언급했다. 셰익스피어의 소네트는 사랑이 주제지만, 사랑에 대한 시간의 침식(侵蝕)을 막기 위해 자손의 번식과 시의 '영원성'을 동시에 주제로 설정하고 있다. 소네트 5에서 '사랑'의 주제가 '시간'의 주제로 겹치면서, 시간의 소리, 모래시계, 파도 소리, 황량한 겨울의 풍경, 인간의 노추(老醜), 종탑의 붕괴, 생명을 자르는 큰 낫 등 쇠퇴와 파멸의 이미지가 시간의 공포감을 전달하고 있다.


## 7. 시 형식과 여성상(女性像)

소네트는 서정시의 형식을 지니고 있는데, 자연스럽고 유려한 그 형식은 시의 힘을 지키는 원천이었다. 셰익스피어는 이미지, 소리, 사념을 하나로 통합하는 새로운 연관성을 구축했다. 소네트를 읽는 기쁨은 소리와 의미와 이미지가 어떻게 한 편의 시로 완성되고 있는지, 그 비밀을 발견하는 데 있다. 서리 백작의 소네트 문법 구조는 14행이 4-4-3-3으로 분할되는 페트라르카 형식과는 달리 4-4-4-2 형식이다. 원래 한 편의 소네트는 첫 부분 8행의 옥타브(octave)와 후반 6행의 세스테트(sestet) 부분으로 성립되고 있었다. 시행(詩行)의 길이는 1행이 10음절(때로는 12음절)이다. 시 전체 각운(脚韻)은 페트라르카는 abba abba cde cde(세스테트는 cdc dcd)요, 서리 백작의 번역시는 abab abab abab이다. 전반 8행의 각운은 페트라르카에 가까운데, 후반 6행은 4행 뒤 2행이 선행 12행으로부터 독립된 소리로 들린다. 서리 백작은 시에 결론을 짓는 결구(結句)의 두 행인 커플레트(couplet) 효과에 특별한 관심을 기울였다. 영국의 시인 와이엇이 페트라르카의 소네트를 번역하고, 그를 모방해서 시를 썼지만, 각운은 기본적으로 페트라르카 형식을 따르더라도 결구 2행의 운(韻)은 영국 소네트의 형식이었다. 결구의 간결한 경고 언어의 감각과 여운의 효과는 절묘해서 셰익스피어를 위시해서 영국의 시인들은 이 형식을 즐겨 사용하게 되었다. 스펜서도 마찬가지였다.

르네상스 시대 영국에서 페트라르카의 시 형식도 변화를 보였지만, 놀랍게도 달라진 것은 시에 나타난 여성상(女性像)의 변화였다. 이상적인 여성상의 모습은

차츰 사라지고, 그와 대조적으로 육체적이며 현실적인 여성상의 모습이 영국 소네트에 나타나기 시작했다. 와이엇은 헨리 8세 궁정에서 왕의 시중을 들면서 궁정 남녀들의 연애유희를 눈으로 보고, 왕비 앤 불린의 처형도 목격했다. 자신의 아내가 저지른 불륜에 충격을 받은 그는 엘리자베스 다렐과 사랑에 빠졌다. 그는 자신의 사랑의 체험을 소네트에 담아놓았다. 그의 시 28번에서 한 구절 인용해보자.

> ……나는 사랑을 하고 있다.
> 상대가 누구냐고 묻는다면, 그렇다. 나의 행복을
> 유린한 브루넷 머리 여인과 헤어진 후,
> 이번에는 아주 성실한 피리스의 얼굴이
> 나의 연인이다. 그렇다. 앞으로도 그럴 것이다.
> 떨어져 있어도 그녀의 사랑은 나의 것.
> 나의 이성, 나의 의지, 나의 모든 것은 그녀의 것이다.

'피리스'는 와이엇이 사랑했던 엘리자베스 다렐이다. 셰익스피어를 위시해서 당대 시인들이 갈망했던 것은 가까이에 있는 현실적 존재로서의 여성이다. 이른바 창가의 연인이다. 르네상스 시대 영국의 소네트는 페트라르카로부터 시 형식에서 벗어나면서 놀라운 '내용적 변용(變容)'을 일으키고 있었다. 페트라르카의 「칸초니엘레」 127에서 연인 라우라를 찬미하는 구절을 인용해서 두 시를 비교해 보자.

> 방금 처녀의 손이 따 온
> 하얀 장미, 빨간 장미가 금빛 화병에
> 피고 있는 모습을 내 눈이 만약에 본다면
> 세상 그 무엇보다도 뛰어난
> 미인의 얼굴을 봤다고 생각하겠지요,
> 세 가지 뛰어난 아름다움을 자랑하는 여인을.

"시들기 전에 장미를 따라"는 페트라르카 유파의 정해진 청춘찬가이다. 흰 장미는 라우라의 하얀 피부요, 빨간 장미는 라우라의 붉은 입술과 뺨이다. 금빛 화병은 그 꽃에 감도는 라우라의 황금빛 머리칼이다. 시인은 라우라의 세 가지 아름다움을 흰 장미와 빨간 장미, 그리고 황금빛 꽃병에 비유하며 찬양하고 있다. 페트라르카 시의 특징은 여성의 얼굴 부분 하나하나를 장미의 상징적인 이미지로 이상화하는 일이었다. 이상적인 미의 여인 라우라에게 그는 사랑을 호소하지만 정결한 라우라는 마음을 열지 않기 때문에 시인은 슬픔에 잠겨 "폭풍 같은 탄식"과 "홍수 같은 눈물"을 쏟으면서 밤을 지새운다. 보상받지 못한 사랑의 고뇌, 실의와 비탄, 눈물과 탄식의 과장된 이미지는 페트라르카 소네트의 특징인데, 영국 르네상스 시대의 소네트는 이 전통을 계승하면서도 새로운 시의 지평(地平)을 열어가고 있었다.

헨리 8세로부터 엘리자베스 여왕 시대 기간에 페트라르카의 연작시 『개선(凱旋)』은 단테의 『신곡』보다 더 높은 평가를 받았다. 엘리자베스 여왕 자신이 페트라르카 시의 애독자였기 때문이다. 『개선』 제2부, 「정결(貞潔)의 승리」에 등장하는 주인공 라우라는 여왕 자신이었다. 여왕의 나라에서 정결은 여성의 기본적인 덕목이었다. 사랑에 대한 정결의 승리는 엘리자베스 궁정문화의 목표요 정치적 의미였다. 그러나 영국의 르네상스는 페트라르카의 이탈리아가 아니었다. 인간관이 변해서 여성의 섹슈얼리티(sexuality)를 부정할 수 없는 시대가 되었다. 라우라의 정절만으로는 남녀 간의 일이 해결되지 않았다. 사랑을 위해 인습을 깨고 죽음 속으로 뛰어드는 로미오와 줄리엣의 시대였다. 셰익스피어는 사회의 옹졸한 편견에 맞서는 순수한 젊은이들의 사랑의 자유를 옹호하고, '검은 여인'의 분망(奔忙)한 애정 행각을 스스럼없이 비판하면서 질풍과 노도의 시대 한가운데서 런던의 극장가를 질주하고 있었다. 영국의 소네트는 어느새 반(反)페트라르카의 바람을 타고 격동적인 새로운 시(詩)를 쏟아내고 있었다.

레슬리 던튼과 아우너, 그리고 알란 라이딩은 저서 『필수 셰익스피어 핸드북(Essential Shakespeare Handbook)』에서 소네트 54를 예로 들어 감상법을 소개하고 있다.

| | |
|---|---|
| 마음의 진실이 풍기는 아름다운 장식을 달면 | 1 |
| 아아, 아름다움은 얼마나 더 아름답게 보일 것인가! | 2 |
| 장미는 아름답다. 하지만, 장미의 싱그러운 향기가 | 2 |
| 살아나면, 더욱더 아름답게 보일 것이다. | 4 |
| 들장미는 향기가 없지만, 깊은 색깔을 보면 | 5 |
| 향기로운 장미와 별 차이가 없어 보인다. | 6 |
| 가시 있는 줄기서 싹이 트면서 여름 바람은 | 7 |
| 꽃봉오리 열고 장미와 희롱하며 놀고 있다. | 8 |
| 들장미의 장점은 보고 즐기는 것뿐이다. | 9 |
| 들장미는 찾는 이도, 돌보는 이도 없이 사라진다. | 10 |
| 홀로 죽는다. 아름다운 장미는 그렇지 않다. | 11 |
| 향기로운 죽음은 그지없이 향기로운 향수를 만든다. | 12 |
|    아름답고 사랑스런 젊은이여, 그대도 이와 같다. | 13 |
|    목숨이 멸(滅)해도, 시(詩) 속에 당신의 진실이 남는다. | 14 |

| | |
|---|---|
| O, how much more doth beauty beauteous seem | 1 |
| By that sweet ornament which truth doth give. | 2 |
| The rose looks fair, but fairer we it seem | 3 |
| For that sweet odor which doth in it live. | 4 |
| The canker blooms have full as deep a dye | 5 |
| As the perfumed tincture of the roses, | 6 |
| Hang on such thorns, and play as wantonly | 7 |
| When summer's breath their masked buds discloses; | 8 |
| But, for their virtue only is their show, | 9 |
| They live unwooed and unrespected fade, | 10 |
| Die to themselves. Sweet roses do not so; | 11 |
| Of their sweet deaths are sweetest odors made, | 12 |
|    And so of you, beauteous and lovely youth, | 13 |
|    When that shall vade, by verse distils your truth. | 14 |

성실성과 충성은 아름다움을 더욱더 빛낸다. 장미는 아름답다. 향기가 나면 더 아름답다. 들장미는 겉모습은 장미와 별로 다름없다. 장미처럼 향기를 발산하면 더 아름다울 것이다. 들장미는 겉모습뿐이다. 향기로운 장미는 지더라도 그 향기를 향수로 남길 수 있다. 그래서 장미는 죽지 않는다고 셰익스피어는 말하고 있다. 시인은 젊은이에게 그대는 아름다운 장미와 같다고 말한다. 왜냐하면, 젊음이 사라지고 노년이 되어 죽더라도, 그는 자손의 몸속에, 그를 찬미하는 시 속에 남아 있기 때문이다.

이 시에서 중요한 단어는 '향기로운(sweet)'이라는 형용사이다. 2행에서 'sweet'는 '진실(truth)'이 더해주는 추가된 아름다움을 언급하고 있다. 그러나 4행에서 'sweet'는 겉모습이 아름답기만 한 들장미와는 다르게 향기로운 장미의 아름다움을 노래하고 있다. sweet라는 단어는 첫 부분의 일반적인 관찰에서 소네트의 핵심적인 주제에 접근하는 특별한 의미로 진화되면서 'sweet rose'는 새로운 이미지로 부상하고 있다. 4행은 말한다. "향기가 살아나면 장미는 더욱더 아름답게 보일 것이다." 첫 4행(quatrain)은 '산다(live)'로 끝난다. 다음 5행에서 독자는 'die'로 들리는 끝 단어 'dye(color)'에 놀란다. 들장미는 장미꽃처럼 색깔이 '짙다(deep, mortal)'고 해서 보기는 좋지만, 외모일 뿐이지 향(香)이 없는 죽음의 꽃이다. 향기를 내뿜는 아름다운 장미꽃(sweet rose)과 들장미는 너무나 대조적이다. 11행에서 운율이 돌연히 바뀐다. '죽음(death)'이라는 단어가 11행 첫마디에 불쑥 나타나면서 위기가 고조(高調)되기 때문이다. 그러나, "들장미는 홀로 죽는다. 아름다운 장미는 그렇지 않다"라는 구절로 긴장은 풀리고, "향기로운 죽음은 향기로운 향수를 만든다"라는 주제가 소리(sound), 이미지(images), 의미(meaning)로 통합되어 전달되고 있다. 12행에서 반복되는 'sweet'는 죽음 이후 퍼지는 최상의 향기 'sweetest'로 전환되며 격상된다. 결구 13행과 14행은 모든 것이 '그대(you)'와 결부되며, 아름다운 그대는 '진실(truth)'한 당신이 되고, 죽음을 극복하고 살아남는다는 종결에 이른다.

셰익스피어 소네트 구조의 특징은 다음과 같다.

운율  소네트의 각 행은 10음절 또는 그 이상으로 구성되어 있고, 운율은 '아이엠빅 펜터미터'(약강5각(弱强5脚) iambic pentameter)이다.

4행시  최초 12행은 3개의 4행시(quatrain)로 구성된다. 3개의 4행시는 각기 뚜렷한 사념을 나타내면서 상호 연관을 통해 전체의 의미를 부각시키고 있다. 첫 4행시 운율은 abab로 압운(押韻)되고, 그 뒤에 이어지는 행에서는 cdcd, efef로 압운된다. (1행-4행 참조).

변환  '변환'은 시인이 자신의 생각을 바꿀 때 일어난다. '변환'은 '그러나 (but)'로 시작된다. 그 자리는 고정되어 있지 않다. 각 행마다 다르게 자리를 정할 수 있다. (9행 참조).

결구(couplet)  모든 소네트는 마지막 두 행인 '결구'로 끝난다. 압운된 두 행은 시의 결론이며, 새롭고도 놀라운 관점을 제시한다. (13, 14행 참조).


## 8. 낱말

미국의 폴거 셰익스피어 라이브러리(Folger Shakespeare Library)가 펴낸 『셰익스피어의 소네트와 시』 첫머리의 소네트 감상을 위한 해설에 셰익스피어 소네트의 낱말, 문장, 은유, 그리고 운율에 관한 설명이 들어 있다.

셰익스피어의 소네트는 고도로 압축되고, 구조적으로 완성된 시다. 시를 만드는 기본 단위는 낱말이다. 소네트의 경우 그 단어는 고어(古語)여서 현대 영어에서 사문화된 것이 있다. 예로 들면 self-substantial(자신의 물질에서 생기다), niggarding(인색한), unfair(아름다움을 빼앗는다), leese(빼앗긴다), happies(행복하게 만든다), steep-up((험한, 가파른), highmost(가장 높은), hap(발생한다), unthrift(낭비꾼, 방탕자), unprovident(헤픈), ruinate(폐허가 되다) 등이다. 'peerless'라고 써야 하는데 'only'라 하고, 'brilliantly fine'이라고 해야 하는데

'gaudy'라고 말하고 있다. 'garment'에 대해서 'weed'라 하고, 'mirror'에 대해서 'glass'라고 말하며, 'foolish'에 대해서 'fond'라는 단어를 사용하고 있다.

셰익스피어 소네트의 언어 사용에서 특징적인 것은 한 단어에 의미의 동시적 다양성(多樣性)을 부과하는 일이었다. 소네트 1의 5행을 예로 들면, 'contracted'는 '계약되었다'거나 '약혼하다'로 풀이되지만 동시에 '제한되다, 위축되다'로도 해석된다. 소네트 1의 2행과 4행에서 'rose'는 'beauty's rose'이지만, 또한 'youthful beauty'이며, 피어나는 장미꽃이기도 하다. 장미꽃은 젊은이와 연관되고, 'bud'(덤불)는 가계(家系)로 단어풀이가 심화된다. 장미꽃은 만발하다가 시들어버린다. 아름다운 젊은이의 모습도 늙어서 힘이 빠지면 노쇠해서 죽는다. 장미꽃이 향수로 남듯이 사람은 자손의 증식으로 남는다는 의미가 비유로 표현되고 있다. 셰익스피어가 소네트 속에 풍성한 사상과 이미지를 남길 수 있었던 것은 다양하고 복합적인 의미를 지닌 단어를 정확하게 선택할 수 있었기 때문이다. 소네트 1의 첫 행 "From fairest creatures we desire increase"에서 'fairest,' 'creatures,' 'increase'는 서로 관련되어 다양한 의미를 전달하고 있다. 그 결과 한 줄의 문장이 전달하는 의미의 내용은 다양하고 영역은 확대된다. 셰익스피어 시대 'fair'는 'beautiful'이다. 그 의미가 'blond,' 'fair-skinned'의 의미로 새로 해석되면서 상류계급이나 특권층을 표현하게 되었다. 'creature'는 하느님이 창조한 삼라만상(參羅萬像)인데, 그 가운데서 특히 인간이 중요시되었다. 이 단어는 'increase'를 뜻하고, 그것은 또한 'procreation,' 'breeding,' 'offspring,' 'child'를 암시하고 있다. 이는 창세기의 'multiply,' 'be fruitful'의 뜻을 품고 있다.

셰익스피어의 어휘는 난해하고, 어순은 종종 혼란스럽다. 어법은 기이하다. 이중부정은 자주 사용되는데 오늘날 문법처럼 그것은 긍정이 아니다. 주어와 동사는 일치하지 않을 수도 있다. 형용사가 명사 뒤에 오기도 한다. 주어는 동사와 수의 일치가 되지 않아도 좋았다. 단어의 철자도 정확하지 않았다. 품사의 전환도 자유로웠다. 'Be'를 접두사로 사용하면서 명사를 동사로 바꾸는 일은 허다했다. 접두사로 'en'(enmesh)을 사용했다. 'ly'나 'ᅳy' 같은 접미사는 명사를 형용사로 만드는 기능을 했다. 셰익스피어는 단어를 결합하고, 형용사와 명사를 결합하고, 부사와 명사를 결합하고, 분사와 전치사를 결합했다. 말하자면 복합어의 탄생이다. 복합어로도 해결되지 않으면, 어휘를 새로 만들어냈다. 특히 욕설과 비속어, 음란 용어에 대해서는 천재적 기지를 발휘했다(Shakespeare's Bawdy, Erick Partridge, 1947.; Shakespeare's Non-Standard English, Norman Blake, 2004 참조). 주어와 동사의 생략도 흔한 일이었다. 독자와 관객은 이 같은 문제에 대해서 스스로 해결하는 지혜를 발휘했다. 문장의 논리나 질서보다는 문장이 주는 에너지와 색채가 더 중요했다. 이런 언어적 혼란은 셰익스피어의 언어적 기법에 관한 문제이면서도, 크게 보면 당시의 언어적 질서가 아직도 혼란기에 있었음을 말해주고 있다. 라틴어는 당시 모범적 언어였다. 영어의 문법과 문체론은 모색기요 실험적 단계에 놓여 있었다.

셰익스피어가 사용한 단어를 해명하기 위해서 Onion의 『Shakespeare Glossary』를 참고하거나, 더 많은 단어를 자세하게 탐색하고자 한다면 David Crystal & Ben Crystal의 『Shakespeare's Words』 등 셰익스피어 전용사전이나, 단어의 역사를 알 수 있는 『옥스퍼드 영어사전』을 참고로 해야 한다.


## 9. 문장

셰익스피어 소네트를 읽는 재미는 문장의 향연(饗宴)에 참여하는 황홀감에 있다. 그의 글은 충격과 감동의 원천이다. 그의 글이 주는 마술적 감화력의 근원은 희곡이든 소네트이든 모두가 시의 형식 때문이라는 데 있다. 셰익스피어가 소네트를 쓰려고 했을 때, 그는 어떤 형식의 문장으로 할 것인가를 생각했을 것이다. 운율 문제를 고려했을 때, 그는 이탈리아 형식으로 할 것인가, 영국 형식으로 할 것인가 고민했을 것이다. 셰익스피어는 4행시(quatrains)와 2행의 결구(couplet)로 구성된 영국식 소네트를 선택했다. 운율은 옥타브(octave)와 세스테드(sestet)로 정했다. 4행시와 결구는 하나의 문장, 또는 두 개 이상의 문장과 질문으로 구성되었다. 셰익스피어의 희곡 작품에서 흔히 만나는 길고 복잡한 문장은 소네트에서 발견할 수 없지만, 전도(顚倒, inversion)와 단절(interruption)의 문장은 수없이 만나게 된다. 셰익스피어는 주어와 동사의 자리를 바꿔놓았다. "He goes" 대신에 "Goes he"가 되었다. 목적어를 주어와 동사 앞에 두었다. "I hit him." 대신에 "Him I hit."가 되었다. 또한 그는 부사나 부사절을 주어와 동사 앞에 두었다. "I hit fairly"가 "Fairly I hit."가 되었다. 소네트 1의 경우, 부사절의 '전도' 배치로 문장이 시작된다. "From fairest creatures"가 정상적인 문장의 경우에는 동사 다음에 와야 하는데, 문두(文頭)에 자리잡고 있다. "We desire increase from fairest creatures"가 "From fairest creatures we desire increase"가 되었다. 리듬 효과와 "fairest"를 강조하기 위한 문장의 효과 때문이다.

소네트 2의 문장 "Thy beauty's use would deserve much more praise"는 "How much more praise deserved thy beauty's use"로 전환되었다. 이런 '전도'는 리듬 효과와 'praise'를 강조하기 위해서다. 리듬의 중요성은 소네트 3에서 "she calls back/In thee the lovely April of her prime"가 "she in thee/Calls back the lovely April of her prime"이 되었는데, 이런 경우는 'thee'에 중점을 두었기 때문이다. 소네트의 운율을 감안한 결과였다. 셰익스피어의 '전도' 용법은 의미의 모호성(ambiguity)을 일으키는 어려움이 있지만, 반대로 풍성한 의미와 압축의 효과를 달성하는 이점이 있다.

문장의 '전도'는 간혹 이중적 다양한 의미를 발생케 한다. 소네트 3에서 "But if thou live remembered not to be"의 경우, 'remembered not to be'는 전도되어 있다. "remembered not to be"가 "to be not remembered" ("to be forgotten")인지 아니면 "not to be remembered"가 ("in order to be forgotten")인지 애매모호하다. 아마도, 이 문장 원래의 의도는 "if you live in such a way that you will not be remembered"일터인데, 독자는 "with the intent of being forgotten"의 뜻으로 읽을 수 있기 때문에, 이런 '전도'는 문장의 의미를 경고와 비난 두 가지 이중적 의미로 해석할 수 있다.

소네트나 희곡에서 정상적인 문장의 어순(語順)에서 분리되어 특별한 리듬을 조성하거나, 특별한 단어를 강조하는 경우도 있을 수 있다. 소네트 1의 경우, "But thou, contracted to thine own bright eyes,/Feed'st thy light's flame with self-substantial fuel"에서 주어인 'thou'는 동사 'feed'st'와 분리되어 있다. 그런 자리매김 때문에 젊은이의 용모와 행위를 특별히 강조하게 된다. 같은 소네트의 9-11행을 보자.

> Thou that art now the world's fresh ornament
> And only herald to the gaudy spring
> Within thine own bud buriest thy content······

주어 'Thou'는 동사 'buriest'와 떨어져 분리되었다. "Thou art now the world's fresh ornament/And only herald to the gaudy spring"로 극찬하다가, "Within thine own bud buriest thy content,/And, tender churl, mak'st waste in niggarding"이라고 비난하고 있다.


## 10. 은유

은유(隱喩, metaphor)는 서로 다른 이미지가 융합되어 별개의 개념을 만들어 내는 언어적 표현이다. 하나의 사물이 다른 사물에 비유(比喩)되는 상징적 표현인데, 헤즐릿(Hazlitt)은 '은유'에 대해서 "생동감 넘치는 언어적 표현을 위해 하나의 사물을 다른 사물로 전환시키는 일"이라고 말했고, 니체(Nietzsche)는 "진정한 시인에게 있어서 은유는 수사학(修辭學)의 표현이 아니다. 자신이 표현하려는 개념(concept) 앞에서 실제로 휘젓고 다니는 대리(代理) 이미지(image)다"라고 정의했다. 소네트 2 첫 4행은 단어 선택과 어순(語順)으로 시각적이며 청각적인 효과를 거두고 있다. 시의 기본적인 방법의 하나인 은유는 일종의 단어 놀이가 된다. 소네트 2의 첫 4행시에서 젊은이의 이마가 "Thy youth's proud livery, so gazed on now,"인데, 시간(Time)이 포위하고 있는 "ield"로 표현되면서, 젊은이의 매끄럽고 판판한 피부를 "deep trenches" 이미지로 제시하고 있다. "마흔 차례 겨울이 당신의 이마를 공박해서/당신의 아름다운 이마에 깊은 주름살 남겼네"라는 구절은 노화(老化) 과정을 말하고 있다. '이마'가 '들판'으로 되었다가 '참호'가 되고, "마흔 차례 겨울"이라는 비유로 군인들에 짓밟히는 전쟁터를 연상케 한다. 3행에서 젊은이의 아름다운 겉모습이 군복으로 표현되다가 시간의 공격을 받고 "누더기처럼 남루해지는(tattered weed)" 노추(老醜)의 이미지로 표현되고 있다. 이마가 전쟁터 들판이 되고(ravaged field), 다시 의복(livery, garment)으로 변하다가 식물(field of grass or flowers)의 이미지로 전환되어 겨울에 시들어가는 풀이며, 꽃의 운명을 인간의 삶과 결부시킨다. 두 가지 이질적인 사물이 맞물려서 비교되는 가운데 한 가지 의미가 비유로 선명하게 표현되고 있다.

## 11. 운율

소네트 2의 첫 4행의 운율 효과를 보자. "When forty winters shall besiege thy brow"에서 두 개의 단어는 첫 음절에 강세가 놓인다. 'forty'와 'winter'이다. 다른 하나의 단어는 두 번째 음절에 강세가 있다. 'besiege'이다. 셰익스피어는 이들 단어를 네 개의 1음절 단어로 묶어두고 있다. 그중 세 개는 강세가 없다(unstressed). 'When,' 'shall,' 'thy' 등이다. 그 결과 완전한 '약강 5각'(iambic pentameter)의 리듬이 형성되고 있다. 적절한 어휘의 선택과 어순, 운율로 조성되는 리듬으로 소네트는 감동적인 시(詩)의 효과를 달성하고 있다. 희곡의 경우는 산문이 뒤섞이고 운(韻)을 달지 않는 시 형식이 있는데 이를 '블랭크 버어스'(blank verse)라고 부른다. 영시의 형식은 시행(詩行)이 강세가 있는 음절과 없는 음절이 규칙적으로 서로 맞물려 있는 경우가 된다. 그 규칙적인 조합의 한 단위를 각(脚)이라 부른다. 가장 단순한 기초적인 조합은 약강-약강-약강으로 반복되는 약강형식이 된다. 한 시행 속에 약강이 다섯 번 반복될 때, 그 시행을 '약강오각'이라고 부른다. 각의 형식에는 '강약', '약약강', '강약약' 등이 있다. 이 가운데서 '약강'은 가장 단순하고 자연스런 것이라 할 수 있다. 셰익스피어는 압운(押韻) '약강오각'(iambic pentameter)의 기교를 사용하는 것 이외에도 '말장난'(pun)을 통해 언어유희를 즐겼다. '말장난'은 당시 귀족적 인품의 상징이었고, 토론의 효과적인 방법이었다. 오늘날 생각하고 있는 것처럼 저속하고 어리석은 유머는 결코 아니었다.

## ■ 수록 그림

001. Johann Heinrich Wilhelm Tischbein, *Goethe in the Roman Campagna*, 1786-87, Städelsches Kunstinstitut, Frankfurt

002. Élisabeth Louise Vigée Le Brun, *Self portrait in a Straw Hat*, 1782, National Gallery, London

003. George Hendrik Breitner, *The Earring*, 1893, Museum Boijmans Van Beuningen, Rotterdam

004. Constance Marie Charpentier, *Melancholy*, 1801, Musée de Picardie, Amiens

005. Vincent van Gogh, *Roses*, 1890, Metropolitan Museum of Art, Manhattan

006. John William Waterhouse, *The Soul of the Rose*, aka My Sweet Rose, 1908

007. Claude Monet, Impression, *Sunrise*, 1873, Musée Marmottan Monet, Paris

008. Lord Frederic Leighton, *The Music Lesson*, 1877, Guildhall Art Gallery, London

009. Caravaggio, *Narcissus* , c.1595, Palazzo Barberini, Rome

010. Jean-François Millet, *The Sower*, 1850, Museum of Fine Arts, Boston

011. Ramon Casas i Carbó, *Courtyard of the old Barcelona prison*, c.1894, Museu Nacional d'Art de Catalunya, Barcelona

012. Frits Thaulow, *The Train is arriving*, 1881, National Gallery of Norway, Oslo

013. Gerard ter Borch, *Paternal Advice*, c.1654, Rijksmuseum Amsterdam, Amsterdam

014. Henri Rousseau, *The Sleeping Gypsy*, 1897, Museum of Modern Art, New York

015. Giovanni Boldini, *Portrait of the Marchesa Casati*, 1914, Galleria Nazionale d'Arte Moderna, Rome

016. James Abbott McNeill Whistler, *The Little White Girl : Symphony in White No 2*, 1864, Tate Collection, London

017. Claude Monet, *Woman with a Parasol - Madame Monet and Her Son*, 1875, National Gallery, Washington

018. Rembrandt Van Rijn, *Landscape with a Stone Bridge*, c.1638, Rijksmuseum Amsterdam, Amsterdam

019. Peder Severin Krøyer, *"Hip, hip, hurra!" Artisis's Party at Skagen*, 1888, Göteborgs konstmuseum, Gothenburg

020. John William Waterhouse, *Ophelia*, 1894

021. Claude Monet, *The Artist's Garden in Argenteuil*, 1873, National Gallery of Art, Washington

022. Cerano, Morazzone and Procaccini, *The Martyrdom of St. Rufina and St. Secunda*, c.1625, Pinacoteca di Brera, Milan

023. Edgar Degas, *Rehearsal of a Ballet on Stage*, 1874, Musée d'Orsay, Paris

024. Johannes Vermeer, *The Artist's Studio*, 1665, Kunsthistorisches Museum, Vienna

025. John Simmons, *Hermia and Lysander. A Midsummer Night's Dream*, 1870, Private collection

026. Jacques-Louis David, *Napoleon Crossing the Alps*, 1801, Château de Malmaison, Paris

027. Jean-François Millet, *L Angelus*, 1857-59, Musée d'Orsay, Paris

028. Vincent van Gogh, *Starry Night Over the Rhône*, 1888, Musée d'Orsay, Paris

029. Alexander Nasmyth, *Robert Burns*, 1787, Scottish National Portrait Gallery, Edinburgh

030. Joseph Mallord William Turner, *The Slave Ship*, 1840, Museum of Fine Arts Boston, Boston

031. Henri De Toulouse-Lautrec, *Portrait of Vincent van Gogh*, 1887, Van Gogh Museum, Amsterdam

032. John Singer Sargent , *An Out-of-Doors Study*, 1889, Brooklyn Museum, New York

033. Frits Thaulow, *The Mills at Montreuil-sur-Mer, Normandy*, 1891, Minneapolis Institute of Art, Minneapolis

034. James Abbott McNeill Whistler, *Symphony in White, No. 1: The White Girl*, 1862, National Gallery, Washington

035. Viscountess, *lady elizabeth thimbleby and dorothy*, 1637, National Gallery, London

036. Jan van Eyck, *Portrait of Giovanni Arnolfini and his Wife*, 1434, National Gallery, London

037. George Romney, *Lady Hamilton*, 1791, Blanton Museum of Art, Austin

038. Jean Auguste Dominique Ingres, *The bather of Valpençon*, 1808, Louvre Museum, Paris

039. Sophie gengembre anderson, *Take the Fair Face of Woma*n, 1923-03, Private collection

040. Raphael, *Self-portrait of Raphael*, 1506, Uffizi Gallery, Florence

041. Frederic Leighton, *Flaming June*, ~1895, Museo de Arte de Ponce, Ponce

042. Joseph Lange, *Mozart at the Pianoforte*, 1789, Mozart museum, Salzburg, Austria

043. Henri De Toulouse-Lautrec, *The Laundress* , 1884-86, Private collection

044. Frits Thaulow, *Winter at the River Simoa*, 1883, National Gallery of Norway, Oslo

045. Peter Paul Rubens, *Self portrait with Isabella Brandt, his first wife, in the honeysuckle bower*, 1609, Alte Pinakothek, Maxvorstadt

046. François Boucher, *Madame de Pompadour*, 1757, Scottish National Gallery, Edinburgh

047. Berthe Morisot, *The Cradle*, 1872, Musée d'Orsay, Paris

048. Pierre-Auguste Renoir, *Dance at Bougival*, 1883, Museum of Fine Arts Boston, Boston

049. Marcus Gheeraerts the Younger, *Queen Elizabeth I*, 1592, National Portrait Gallery, London

050. Henri Rousseau, *Tiger in a Tropical Storm*, 1891, National Gallery, London

051. Vincent van Gogh, *The Bedroom*, 1888, Van Gogh Museum, Amsterdam

052. Eugène Delacroix, *Liberty Leading the people*, 1830, Louvre Museum, Paris

053. Anders Zorn, *Reveil*, ~1920, Private collection

054. Vincent van Gogh, *Irises*, 1890, Van Gogh Museum, Amsterdam

055. John Singer Sargent, *Elizabeth Winthrop Chanler,* 1893, Smithsonian American Art Museum, Washington

056. Claude Monet, *The Magpie*, 1868-69, Musée d'Orsay, Paris

057. Gustav Klimt, *Portrait of Rose von Rosthorn-Friedmann*, 1900-01, Private collection

058. József Rippl-Rónai, *Woman with a Birdcage*, 1892, Hungarian National Gallery

059. Raphael, *The Transfiguration*, c.1520, Pinacoteca Vaticana, Vatican

060. Paul Gauguin, *Ta Matete*, 1892, Kunstmuseum Basel, Basel

061. Edouard Manet, *Plum Brandy*, 1877, National Gallery, Washington

062. Edgar Degas, *The Star or Dancer on the Stage*, 1876-78, Musée d'Orsay, Paris

063. Hans Heyerdahl, *A the Window*, 1881, National Gallery of Norway, Oslo

064. Paul Cézanne, *Chestnut Trees at Jas de Bouffan*, 1880/1891, Minneapolis Institute of Art, Minneapolis

065. Henri Rousseau, *The Luxembourg Gardens. Monument to Chopin*, 1909, Hermitage Museum, Saint Petersburg

066. Edvard Munch, *The Scream*, 1910, Munch Museum, Oslo

067. Rembrandt Van Rijn, *Self Portrait at the Age of 34*, 1640, National Gallery, London

068. Pieter Jansz. Saenredam, *Interior of the St. Martin's Dom (Cathedral) in Utrecht*, 1636, Utrecht

069. Giuseppe Maria Crespi, *The Scullery Maid*, c.1710-15, Uffizi Gallery, Florence

070. Willem Wissing and Jan van der Vaardt, *Queen Anne*, 1658, Scottish National Portrait Gallery, Edinburgh

071. Jacques-Louis David, *Death of Marat*, 1793, Musées Royaux des Beaux Arts, Brussels

072. John Everett Millais, *Ophelia*, 1851-52, Tate Collection, London

073. Claude Monet, *The Thames below Westminster*, 1871, National Gallery, London

074. Gustav Klimt, *The Kiss*, 1907-08, Österreichische Galerie Belvedere, Vienna

075. Egon Schiele, *The embrace*, 1917, Österreichische Galerie Belvedere, Vienna

076. Ilya Repin, *Portrait of a Neapolitan woman*, 1894

077. Édouard Manet, *Nelken und Clematis in einer Kristallvase*, c.1880-83, Musée d'Orsay, Paris

078. Édouard Manet, *Portrait of Émile Zola*, 1868, Musée d'Orsay, Paris

079. Max Kurzweil, *Woman in a yellow dress*, 1899, Historisches Museum der Stadt, Vienna

080. August Strindberg, *The City*, 1903, Nationalmuseum, Stockholm

081. Marià Fortuny y Carbó, *La Vicaria*, 1870, Museum of Modern Art, Barcelona

082. Giovanni Boldini, *Portrait of Mademoiselle Geneviève Lantelm*, 1907, Galleria Nazionale d'Arte Moderna, Rome

083. Vincent van Gogh, *Almond blossom*, 1890, Van Gogh Museum, Amsterdam

084. George Hendrik Breitner, *Girl in a White Kimono*, 1894, Rijksmuseum Amsterdam, Amsterdam

085. Edouard Manet, *The Railway*, Gare Saint-Lazare, 1873, National Gallery, Washington

086. James Abbott McNeill Whistler, *Nocturne in Blue and Gold: Old Battersea Bridge*, 1872-75, Tate Collection, London

087. James Tissot, *Young Lady in a Boat*, 1870, Private collection

088. Maurice Prendergast, *Ponte della Paglia, Venedig*, 1899, Philips Memorial Gallery, Washington

089. Frédéric Bazille, *Portrait of Pierre-Auguste Renoir*, 1867, Musée d'Orsay, Paris

090. Johannes Vermeer, *The Milkmaid*, 1658, Rijksmuseum Amsterdam, Amsterdam

091. Rembrandt Van Rijn, *The Night Watch*, 1642, Rijksmuseum, Amsterdam

092. Édouard Manet, *A Bar at the Folies Bergère*, c.1882, Courtauld Institute of Art, London

093. Jan Vermeer, *The Girl With The Pearl Earring*, 1666, Mauritshuis, The Hague

094. Kitty Lange Kielland, *Summer Night*, 1886, National Gallery of Norway, Oslo

095. Ernst Ludwig Kirchner, *Berlin Street Scene*, 1913, Ernst Ludwig Kirchner

096. Pierre-Auguste Renoir, *Luncheon of the Boating Party*, 1880-81, The Phillips Collection, Washington

097. Camille Pissarro, *Boulevard Montmartre*, 1897, Private collection

098. Paul Gauguin, *Still Life with Head-Shaped Vase and Japanese Woodcut*, 1889, Tehran Museum of Contemporary Art, Tehran

099. John William Waterhouse, *Juliet*, 1898, Private collection

100. Pierre-Auguste Renoir, *Young Girls at the Piano*, 1892, Musée d'Orsay, Paris

101. Edouard Vuillard, *The Flowered Dress*, 1891, Museu de Arte Moderna de São Paulo, São Paulo

102. François Boucher, *Reclining Girl*, 1751, Wallraf-Richartz Museum, Cologne

103. John Everett Millais, *Autumn Leaves*, 1855-56, Manchester City of Art Galleries, UK

104. Edvard Munch, *Girls on the Jetty*, 1899, Munch Museum, Oslo

105. Edouard Manet, *The Viennoise: Portrait of Irma Brunner in a Black Hat*, 1880, Musée d'Orsay, Paris

106. Johannes Vermeer, *View of Houses in Delft, known as 'The little Street'*, c.1658, Rijksmuseum Amsterdam, Amsterdam

107. Vincent van Gogh, *The Olive Grove*, 1889, Museum of Modern Art, New York

108. Diego Velázquez, *The Toilet of Venus*, 1651, National Gallery, London

109. Nicolas Poussin, *St Cecilia*, 1627-1628, Museo del Prado, Madrid

110. Gustav Klimt, *Bildnis Fritza Riedler*, 1906, Österreichische Galerie Belvedere, Vienna

111. Rembrandt Van Rijn, *Self portrait*, 1658, Frick Collection, New York

112. Frédéric Bazille, *The Pink Dress*, 1864, Musée d'Orsay, Paris

113. Johan Barthold Jongkind, *Demolition of the Rue des Francs*, 1868, Gemeentemuseum Den Haag, The Hague

114. Leonardo da Vinci, *Mona Lisa*, 1503-06, Louvre Museum, Paris

115. Jean-Honoré Fragonard, *The swing*, 1767, Wallace Collection, London

116. Francesco Hayez, *Die Flüchtlinge von Parga*, Detail, 1831, Pinacoteca Tosio Martinengo, Brescia

117. Maximilien Luce, *The Quai Saint-Michel and Notre-Dame*, 1901, Musée d'Orsay, Paris

118. Meindert Hobbema, The Avenue at Middelharnis, 1689, National Gallery, London

119. Ilya Repin, *Tolstoy Resting in the Woods*, 1891, Tretyakov Gallery

120. Gustave Courbet, *The Studio of the Painter*, a Real Allegory, 1855, Musée d'Orsay, Paris

121. Georges-Pierre Seurat, *Bathers in Asnières*, 1884, National Gallery, London

122. Jean-Auguste-Dominique Ingres, *Madame Moitessier*, 1856, National Gallery, London

123. Vincent van Gogh, *Self-portrait with bandaged ear*, 1889, Courtauld Institute of Art, London

124. Anders Zorn, *Mrs. Walter Rathbone Bacon*, 1897, Metropolitan Museum of Art, New York

125. Pieter Brueghel the Elder, *The Hunters in the Snow*, 1565, Kunsthistorisches Museum, Vienna

126. Paul Cézanne, Stilleben, *Draperie, Krug und Obstschale*, 1893-94, Whitney Museum of American Art, New York

127. John Singer Sargent, *Madame X*, 1883-84, Metropolitan Museum of Art, Manhattan

128. John William Waterhouse, *La Belle Dame sans Merci*, 1893, Hessisches Landesmuseum Darmstadt, Darmstadt

129. Pieter Aertsen, *The Egg Dance*, 1552, Rijksmuseum Amsterdam, Amsterdam

130. Jan Vermeer, *The Girl with a Red Hat*, c.1665-66, National Gallery of Art, Washington

131. Vilhelm Hammershøi, *Interior with Young Woman from Behind*, 1904, Randers Museum of Art, Randers

132. Francesco Hayez, *The Kiss*, 1859, Pinacoteca di Brera, Milan

133. Jean Béraud, *Waiting, Paris, Rue de Chateaubriand*, c.1900, Musée d'Orsay, Paris

134. Claude Monet, *Argenteuil*, c.1872, National Gallery, Washington

135. Berthe Morisot, *The Mother and Sister of the Artist*, 1869/1870, National Gallery, Washington

136. Adolph von Menzel, *The Balcony Room*, 1845, Alte Nationalgalerie, Berlin

137. Ramon Casas, *Plein air*, 1890-91, Museu Nacional d'Art de Catalunya, Barcelona

138. James Tissot, *The Reception*, 1883-1885, Albright–Knox Art Gallery, Buffalo

139. Sir Joshua Reynolds, *Mrs. Siddons as the Tragic Muse*, 1789, Dulwich Picture Gallery, London

140. Pierre-Auguste Renoir, *The Walk*, 1870, Getty Center, Los Angeles

141. Pierre-Paul Prud'hon, *Empress Josephine*, 1805, Louvre Museum, Paris

142. Vincent van Gogh, *The sower*, 1888, Van Gogh Museum, Amsterdam

143. Henri de Toulouse-Lautrec, *The Bed*, 1892, Musée Marmottan Monet, Paris

144. Paul Cézanne, *Les Grandes Baigneuses*, 1900-06, National Gallery, London

145. Sven Richard Bergh, *After the Pose*, 1884, Malmö museum, Malmö

146. Georges Seurat, *A Sunday on La Grande Jatte*, 1884-86, Art Institute of Chicago, Chicago

147. Vincent van Gogh, *Sunflowers*, 1888, Van Gogh Museum, Amsterdam

148. Edgar Degas, *The Dance Class*, c.1874, Musée d'Orsay, Paris

149. Amedeo Modigliani, *Jeanne Hébuterne*, 1919, Guggenheim Museum, New York

150. Pierre-Auguste Renoir, *On the Terrace*, 1881, Art Institute of Chicago, Chicago

151. Vincent van Gogh, *The yellow house*, 1888, Van Gogh Museum, Amsterdam

152. Constance Marie Charpentier, *Portrait of Mademoiselle Charlotte du Val d' Ognes*, 1801, Metropolitan Museum of Art, New York

153. Ignacio Zuloaga, *Portrait of Countess Mathieu de Noailles*, 1913, Museo de Bellas Artes, Bilbao

154. John Everett Millais, *Mariana*, 1851, Tate Britain

## 윌리엄 셰익스피어 William Shakespeare

1564년 태어나서 1616년 타계한, 영국이 낳은 세계 최고의 극작가이다. 그는 '무덤 없는 기념비'요, '시대를 초월한 정신'이며 '21세기 글로벌 문화의 상징'이 되고 있다. 예나 지금이나 셰익스피어가 세계 무대를 휩쓸면서 뜨거운 감동을 주는 이유는 그의 작품이 최고의 정신 개조 자료가 되기 때문이다. 셰익스피어 소네트 154편은 인생의 의미, 인간의 본성, 사랑과 자비, 덕행, 정의, 세상의 진상(眞相), 인간관계 등을 이해하는 데 도움이 되는 인생 교과서이다.


## 옮긴이 이태주

서울대학교 영어영문학과를 졸업하고 같은 대학원 영어영문학과에서 석사 학위를 받았다. 이후 미국 하와이대학교 및 조지타운대학교 대학원에서 수학했다. 셰익스피어 관련 저서로 『이웃사람 셰익스피어』『원어와 함께 읽는 셰익스피어 명언집』 『셰익스피어와 함께 읽는 채근담』『셰익스피어 4대 비극』『셰익스피어 4대 희극』 『셰익스피어 4대 사극』 등이 있고 그 외 저서로 『세계 연극의 미학』『연극은 무엇을 할 수 있는가』『브로드웨이』『R 교수의 연극론』『충격과 방황의 한국연극』『한국연극 전환시대의 질주』『재벌들의 밥상』『유진 오닐 : 빛과 사랑의 여로』 등이 있다. 단국대학교 영어영문학과 및 연극영화학과 교수 · 공연예술연구소장 · 대중문화예술대학원장, 한국연극학회 회장, 국제연극평론가협회(IATC) 집행위원 겸 아시아-태평양 지역센터 위원장, 예술의전당 이사, 국립극장 운영위원, 서울시극단장, 한국연극교육학회장, 한국연극평론가협회 회장, 동아방송예술대학교 초빙교수 등을 역임했다. 현재 공연예술평론가로 활동하고 있다.